La mort s'invite au Vatican

Martine Lady Daigre

La mort s'invite au Vatican

© 2 019 Lady Daigre Martine
Édition : BoD - Books on Demand
12/14 rond-point des Champs Elysées 75 008 Paris
Imprimé : BoD – Books on Demand, Norderstedt
ISBN : 9 782322 076963
Dépôt légal : 4ᵉ trimestre 2 019

À mes fidèles lecteurs et lectrices de par le monde.
Un Grand Merci.

Ce livre est un roman.
Toute ressemblance avec des personnes, des noms propres, des lieux privés, des noms de firmes ou d'établissements, des situations existant ou ayant existé, ne saurait être que le fruit du hasard.

Mardi 13 août

1

Un calvaire !

Seize heures à contempler le paysage à travers la vitre !

Seize heures entrecoupées de pauses pipi et de pauses repas pour défroisser les robes, se dégourdir les jambes et arranger les voiles !

Seize heures à chanter les cantiques et à lire la bible !

Seize heures !

En dépit des minutes passées depuis qu'elles avaient quitté la France, des mots prononcés et répétés d'une voix monotone avec un enthousiasme décroissant, des mots usés jusqu'à la corde, le « Saint Graal » n'avait pas encore été atteint à 22 heures et 33 minutes exactement lorsqu'on jetait un œil sur l'horloge du tableau de bord en considérant que son exactitude était correcte. Pourtant, lors du départ, sœur Marthe, la physionomie d'une grand-mère petite et rondelette avec une peau ridée comme une vieille pomme trop mûre, râleuse par principe et volontaire par bonté d'âme, toujours prête à aider l'une dans sa besogne ou bien à consoler l'autre dans les moments de doute que la foi éprouve, férue de géographie, avait étudié avec minutie l'itinéraire et avait déclaré sur un ton catégorique : « Nous serons toutes dans nos lits avant que le soleil ne soit couché » ; sauf qu'il y avait belle lurette que les couleurs orangées du paysage avaient viré au gris laiteux —, c'était la pleine lune — et qu'en guise de lit, les religieuses somnolaient sur leurs sièges, la tête penchée sur le côté, les mains jointes sur le ventre, le corps ankylosé, les doigts de pieds pas en éventail du tout. Seul un ronflement comme un pneu qui se dégonfle doucement provenait de la dernière rangée. C'était celui de la mère supérieure ayant succombé aux bras de Morphée, ignorant l'affirmation matinale. D'allure encore jeune avec son corps svelte et sa taille affleurant le 1 m 68, la responsable de l'expédition était une femme ayant franchi le demi-siècle depuis plus de dix ans, ses décisions pragmatiques étaient notoires lorsqu'elle gérait les divers tracas relatifs à la communauté, mais, là, elles s'inscrivaient aux abonnés absents ; la mère ronflait et le temps passait.

Les sœurs externes du couvent domicilié à Troyes voyageaient. Pour certaines, cette escapade italienne était une première. À citer, entre autres, sœur Agnès, petit gabarit de 1 m 55 pour 45 kg, une cinquantenaire à l'esprit alerte débordante d'énergie, en témoignaient ses nombreuses activités physiques, en particulier le jardinage. Elle avait raté le jubilé de l'an 2000, étant encore en activité dans un hôpital de brousse en Afrique noire où elle exerçait son métier d'infirmière. Là-bas, elle se dévouait auprès des enfants malades et des nécessiteux ; alors, lorsque la mère supérieure avait programmé la rencontre papale en insistant lourdement sur ce moment privilégié qui se déroulerait à l'occasion des célébrations de « L'Assomption » dans le « Saint des Saints », elle avait sauté de joie. Comme elle, toutes les heureuses élues nommées par la hiérarchie cléricale avaient eu le cœur en fête, l'organe bondissant dans la poitrine et résonnant dans les tympans comme un tambour battant la joyeuse mesure du départ.

Cinq religieuses désignées.

Cinq à se précipiter sur leurs valises l'esprit tourneboulé.

Cinq à compter les heures qui les séparaient de l'entrevue pontificale.

Le couvent, d'ordinaire si tranquille, avait pris des allures de ruche. Il avait bourdonné. Les robes sévères avaient valsé en un ballet déraisonnable. Des corps impuissants à se maîtriser se croisaient dans les couloirs en gloussant. Des instants d'allégresse.

Le seul regret qu'avait eu sœur Agnès avant de partir avait été le refus de son frère à l'accompagner, elle et ses consœurs, en prétextant les soins qu'il devait prodiguer à ses précieux bonsaïs et ses délicates orchidées. Prétexte nul du cadet qui ne désirait pas se joindre à la liesse pour tout l'or du monde. Le détective privé, Gilbert Grand — c'était sa profession actuelle —, bien qu'il fût pratiquant à ses heures perdues, fuyait les bondieuseries et bondieuseries, il y en aurait fatalement dans un lieu si propice, la terre promise des catholiques. En dépit d'une argumentation de poids émise par la sœur aînée : « Cela te ferait oublier ton quotidien fait de drames et de crimes en tous genres », argumentation qui devait enfoncer le clou sur son métier qu'elle qualifiait de dangereux, le retraité de la gendarmerie avait tenu bon. Les « Non merci » et les « Sans-façon » avaient été catégoriques. Des vacances sans son frère ? Du jamais vu !

Dès l'aube, s'étaient entassées dans ce qu'appelait pompeusement la mère supérieure le « Minibus » les six religieuses et les deux accompagnatrices servant à tour de rôle de chauffeur et de guide. Vanessa, une femme grande et mince âgée de soixante-cinq ans, professeur d'italien à la retraite, dynamique et volontariste. Ingrid, vendeuse en boutique de luxe retraitée elle aussi, globe-trotter de soixante-deux ans, un peu boulotte.

L'imposant minibus n'était en fait qu'un modeste « Renault Trafic Combi » appelé simplement le Combi par la communauté lorsque la mère avait le dos tourné, ce qui était fréquent. Ledit véhicule était de couleur gris métallisé avec un autoradio intégré et la climatisation. Le confort n'affichait pas le grand luxe, mais la capacité de chargement s'avérait être un sérieux avantage lorsqu'on prenait la route ; et, côté route, aujourd'hui, les religieuses étaient servies : 1 261 kilomètres du point A au point B. Ça, c'était la théorie qu'avait envisagée sœur Marthe, à laquelle s'ajoutaient maintenant les erreurs de parcours depuis que le petit camion avait quitté l'autoroute.

À la tombée de la nuit, la fatigue aidant, les chants s'étaient tus. Les voix se reposaient après avoir été sollicitées de nombreuses fois au cours de cette interminable journée. Sur les sièges avant, les deux conductrices murmuraient entre elles. Elles maudissaient sœur Marthe, sa vivacité d'esprit rognée par ses soixante-dix printemps et son plan prétendument détaillé qui ne l'était pas du tout.

Désespérée par les minutes qui défilaient sur l'écran de son téléphone portable qu'elle tenait dans sa main gauche, un temps insaisissable perdu à jamais, Ingrid mit en fonction l'application GPS et actionna le haut-parleur dans le but de couvrir les bruits du moteur, considérant qu'il était impératif que la conductrice entendît les suggestions routières ; sœur Marthe, elle, n'entendrait pas, elle était un peu sourde. Il fallait assurer, le retard devenant exponentiel.

Les paupières plissées et les yeux rougis à force de déchiffrer les panneaux indicateurs, la nuque raide et les doigts blanchis d'être crispés sur le volant depuis trop longtemps, Vanessa avait adopté la posture d'un coureur cycliste : front collé au pare-brise. Son tee-shirt était trempé de sueur en dépit des vingt degrés Celsius de l'habitacle atteints grâce à la climatisation, température très supportable si on la comparait avec celle de l'extérieur qui était de vingt-huit degrés en soirée d'après la sonde. Elle s'agrippait à ce maudit volant depuis 7 h 30, ce mardi 13 août, le lâchant rarement durant le trajet au grand dam de sa copilote, et, malgré son amour pour la conduite, elle en avait ras le bol de l'autoroute, de la nationale et des ruelles romaines. Elle allait craquer ; ce n'était qu'une question de secondes.

À 23 heures 15, la voix monocorde émit enfin : « Vous êtes arrivé ».

Soupir de soulagement.

Vanessa gara le Combi sur la place réservée aux autocars, coupa le moteur, ouvrit la portière, pivota sur elle-même, déplia ses jambes et sauta, heureuse de marcher enfin sur le bitume.

— Ouf ! s'exclama-t-elle. Pas trop tôt.

L'exclamation déclencha un déclic qui se propagea de passagère en passagère. Les paupières s'ouvrirent, les sourires s'affichèrent sur les visages ensommeillés, les mots commencèrent à fuser.

Redressant leurs dos endoloris, les voyageuses reprirent vie à la vue de l'édifice. À la lumière des lampadaires extérieurs, elles découvrirent une immense bâtisse à deux étages aux murs autrefois peints dans une teinte grège qui avait terni au fil des ans, des fenêtres closes par des volets d'une couleur vert foncé, et une allée pavée bordée de pots de fleurs aux essences variées. De part et d'autre de cette allée, les palmiers nains, les oliviers centenaires et les cactus luttaient contre les rosiers buissons et les lys en se partageant l'espace sur une pelouse jaunie et desséchée ; quant aux iris, ils envahissaient tout jusqu'à déborder sur les pavés, d'ailleurs certains avaient été piétinés et réclamaient à être enlevés. Au premier coup d'œil, sœur Agnès déduisit que la congrégation qui les recevait se situait dans un parc verdoyant aux abords de Rome où il devait être agréable de s'y promener.

Déchargement rapide des bagages.

L'envie d'une douche, l'absorption d'une tisane et le plaisir de se coucher dans un lit aux draps de coton avec son oreiller en plumes se faisaient sentir de plus en plus. Il était temps de se glisser sous ces draps que toutes imaginaient finement brodés, tissés dans un coton rêche au toucher et qui devait sentir bon la lavande, une lavande cueillie à la main puis tressée en fuseau avec un joli ruban en satin qu'une main attentionnée aurait placé ensuite dans l'armoire, et non pas une odeur de lavande fabriquée à partir de produits de synthèse mis en flacon sous le terme adoucissant floral qui sont censés vous évoquer l'air pur de la campagne sauf qu'ils vous provoquent des démangeaisons dues à une intolérance aux molécules chimiques utilisées.

L'indispensable prière viendrait ensuite clôturer cette longue, très longue virée.

Les chambres ayant été réservées en duo par économie, celle portant le numéro 113, banal nombre en soi, fut attribuée au couple « Sœur Agnès – Sœur Marthe » ; une sœur Marthe qui grimaça à l'annonce, n'osant pas avouer à sa colocataire durant ces quatre nuits italiennes la ridicule superstition enfouie en elle qu'elle n'avait jamais réussi à éradiquer depuis sa tendre enfance, et qui surgissait comme ce soir en entendant le mot treize. Muni de sa clé suspendue à une boule en laiton, bien lourde, impossible à égarer, le duo logeant au nombre maudit s'engouffra dans l'ascenseur avec les valises.

Premier étage.

Porte numéro 13.

Sœur Agnès tourna la clé dans la serrure et pénétra dans la chambre, suivie par une sœur Marthe qui n'arrêtait pas de se signer dans son dos, persuadée que cette dernière ne pouvait la voir, ce qui était vrai du reste.

Exploration de la pièce.

Spartiate.

Murs blanc cassé, mobilier en chêne de couleur acajou.

La pièce semblait avoir été volontairement séparée en deux avec un ameublement positionné en grande partie du côté gauche. Contre le mur de gauche, donc, les deux lits une personne étaient séparés par une table de chevet avec une lampe en cuivre à l'abat-jour en tissu crème. Une croix en bois de teinte foncée avait été clouée au-dessus de chacun des lits, garantissant un sommeil exempt de cauchemar. Une statue de la Vierge en pied était positionnée dans l'angle à gauche de la porte d'entrée tandis que dans l'angle opposé, à la droite de ces lits, une penderie contenant six cintres occupait un mètre de large environ. Une petite table avec deux chaises paillées et deux prie-Dieu avaient été placés contre le mur dans le prolongement de cette penderie. En revanche, du côté droit, face à ladite porte d'entrée, une fenêtre ouvrait sur le jardin avec une très belle vue sur le perron et un store vénitien beige permettait d'occulter la lumière que sœur Agnès s'empressa d'abaisser, son bagage à la main.

Pas de téléviseur, pas de radio, encore moins internet et le wi-fi.

Une pensée unique traversa le cerveau des deux nonnes : leur mère supérieure était moins intransigeante quant aux vœux de pauvreté en accordant à ses filles certains privilèges afin de leur procurer les moyens modernes de communication avec l'extérieur.

Épuisées par le voyage, elles jetèrent leurs valises sur les chaises sans les retenir et, d'un commun accord, sœur Marthe fut désignée pour se doucher la première, appelant ce rituel sa « Purification », sa « Madeleine Proustienne du baptême ».

Une porte laquée crème, en face des lits, sur la droite en entrant, ouvrait sur la salle d'eau aux murs bleu pastel et à l'aménagement blanc qui comportait : un bidet, un W.-C, un lavabo sur colonne avec une robinetterie usagée qui gronda au jaillissement de l'eau, plus une douche de forme carrée sans bac d'environ quatre-vingts centimètres de côté et fermée par un rideau coulissant en matière plastique plus ou moins rigide, laquelle douche avait comme système d'écoulement une simple bonde reliée à un siphon. Les deux sœurs se regardèrent en plissant leurs fronts.

Stupéfaction !

Vint s'ajouter une difficulté causée par leur petite taille — à elles deux, elles obtenaient une moyenne d'à peine 1 m 60. Il leur fallut décrocher la pomme de douche de la barre avant de s'en servir en grimpant sur une chaise qui s'avéra branlante en y posant le pied.

— Ça commence mal, grommela sœur Marthe en s'enfermant dans la salle d'eau.

Au bout d'un quart d'heure, la flotte s'écoulant difficilement par le trou d'évacuation commença à passer sous la porte de communication en suivant un dénivelé incompréhensible. La pente ayant été mal calculée pendant la maçonnerie, l'eau filait dans le sens opposé à celui qu'elle aurait dû emprunter.

— Sœur Marthe, stoppez tout ! cria sœur Agnès, effarée. Nous allons être inondées.

— Quoi ?

— Coupez l'eau, bon sang ! Je patauge !

La serviette de bains autour du corps, la responsable constata les dégâts.

— Quel malheur ! Ça continue, soupira sœur Marthe qui se signa pour la énième fois.

Les pieds nus, se sentant coupable d'une telle maladresse, la fautive repoussa comme elle put le désobéissant liquide vers le trou à l'efficacité douteuse.

Claquée, à 23 heures 50, la patience faisait défaut à sœur Agnès. Elle se déchaussa et se mêla à l'étrange danse qu'opérait désespérément sa colocataire bizarrement accoutrée. À elles deux, leur ardeur à retrouver un sol en partie sec porta ses fruits. Tout fut rentré dans l'ordre au bout d'une dizaine de minutes et, à son tour, sœur Agnès put enfin savourer les gouttes rafraîchissantes sur ses épaules nues, sur son dos à la colonne vertébrale saillante, sur ses mollets encore poilus pour son âge et sur son ventre arrondi qui n'avait jamais enfanté. Au diable minuit passé et les canalisations bruyantes qui pouvaient empêcher ses voisines de dormir en étant sollicitées à cette heure tardive, elle décida de prolonger le plaisir de la douche en se lavant les cheveux — ce n'était pas tous les jours qu'on avait rendez-vous avec Sa Sainteté. Elle fit tant mousser le shampoing qu'elle craignit une nouvelle catastrophe en voyant l'accumulation de mousse au sol et stoppa net ses ablutions. Elle colla son oreille à la cloison tout en écrasant avec vigueur les bulles savonneuses. Pas un bruit en provenance de l'autre pièce. Elle se rinça abondamment avec une délectation non feinte — un péché dont elle devrait faire pénitence plus tard —, ferma définitivement les robinets, s'enroula dans le drap de bain et profita du moelleux tissu de couleur turquoise en se séchant.

En chemise de nuit, sœur Agnès gagna le lit côté porte. Éreintée, les pensées vagabondes sous l'emprise du sommeil, elle repoussa le couvre-lit en coton damassé — il était assorti au store vénitien —, et sombra dans une profonde déconnexion de la réalité, des songes pleins la tête, les phrases d'une prière mourant sur ses lèvres. Elle n'eut même pas le temps d'achever le signe de La Croix ce mercredi 14 août à 0 heure 40. Cela ne lui était jamais arrivé auparavant.

Sœur Marthe, dans un demi-sommeil, se tourna vers elle en agitant les bras en proie à ses démons, telle une naufragée qui avait échoué dans un rêve prémonitoire cauchemardesque.

Mercredi 14 août

2

6 heures tapantes à Rome.

La pâleur du visage, les traits tirés, mais l'œil vif et pétillant : telle était la figure qu'affichait chacune des Troyennes. Dans leurs regards, l'épuisement dû au voyage semblait avoir disparu comme par enchantement durant la courte nuit. Elles étaient toutes là, les huit fidèles au poste, à réciter les paroles sacrées en langue latine. Huit femmes à assister à la première messe de la journée qu'opérait le jeune prêtre à l'accent slave — dix mois de pratique à son acquis depuis son ordination et, lorsqu'on aborde la cinquantaine, cela équivaut à une véritable cure de jouvence d'avoir les yeux ouverts après quarante années d'errance dans un monde où il s'était perdu. L'homme de Dieu ressemblait aujourd'hui à un enfant qui vient de naître.

Les Troyennes étaient donc assises parmi les autres « lève-tôt » sur des bancs en sapin dans ce drôle d'endroit jouxtant la salle à manger. C'était une pièce exiguë qui avait été aménagée sur le modèle d'une église sauf qu'il n'y avait pas de fenêtre, qu'elle comprenait un autel fabriqué à partir d'une simple planche posée sur deux tréteaux faciles à déplacer. Même avec sa nappe brodée de brins d'oliviers et sa petite croix agrémentant cet autel improvisé telle un trophée gagné aux joutes verbales des intentions de prière, l'enceinte du Seigneur paraissait un leurre, et ce n'était pas la multitude de dessins, d'aquarelles et de peintures scotchés sur les murs blancs comme autant d'ex-voto qui le contredisait. On se serait volontiers cru dans une salle de classe dépourvue de bureaux plutôt que dans un lieu saint. Les deux néons fixés au plafond formaient deux lignes transversales et semblaient éclairer de sa lumière blafarde le chemin menant vers le représentant du Tout-Puissant sur terre. Elles n'eurent pas le temps de s'y attarder, en une demi-heure c'était bouclé, la messe était dite, l'hostie avalée avant le café noir et les tartines.

Les ouailles se levèrent dans un bruissement de robes, de pantalons qu'on rajuste, de chemises qu'on retend, et de souliers raclant le sol. En file indienne dans le couloir aux murs nus, elles marchèrent en direction des bruits perçus. Les langues se délièrent en avançant à petits pas pressés. Les uns s'apostrophaient, les autres bavardaient, bourdonnement difficile à empêcher pour une mère supérieure essayant de se rappeler le déroulement de la journée. Cette dernière jugea bon de ralentir le pas et de se laisser dépasser sous le regard courroucé d'une sœur Marthe affamée. Lorsqu'elle entra enfin dans la salle à manger, la pièce était comble, ne restait que leur emplacement vide.

Les huit prirent place sur des bancs semblables à ceux qu'elles venaient de quitter, autour d'une table recouverte d'une toile cirée rouge sang portant l'écriteau « I » comme invité — heureux hasard de l'alphabet, le I signifiait aussi le chiffre 1 en écriture romaine —, chacune devant un bol en faïence blanche et une assiette à dessert en faïence rose dans laquelle on avait mis, au préalable, un couteau et une cuiller.

Pour chaque table, une teinte déterminée avait été attribuée, les serviettes allant de pair. Trônaient, en leur centre, des pots de confitures avec leurs cuillères à soupe plantées dedans ; et de ces pots de confitures, il y en avait à foison, le beurre ayant été banni. Il y avait un large choix côté saveurs, sous les yeux de ces dames, à étaler sur les tranches de pain de campagne fleurant bon le levain d'autrefois, à moins de préférer la corbeille remplie à ras bord de biscuits à base de farine et d'eau, une recette de cuisine ancestrale ayant pour résultat des biscotins fades à rehausser le goût avec de l'abricot, de la fraise, du cassis, de la tomate verte parfumée à la vanille, ou de la rhubarbe. Le potager et le verger réunis sur la table pour satisfaire les papilles. Avec un peu d'imagination, la vue d'ensemble aux couleurs vives s'apparentait à une prairie en floraison exhalant les senteurs d'un café noir corsé, d'autant plus que les baies vitrées donnaient sur l'arrière de la bâtisse avec une vue plongeante sur la clôture délimitant le parc et l'étendue des cultures que consommait la communauté. Les potirons orange se mêlaient aux tomates rouges, les aubergines violettes aux fleurs de courgettes ; quant à la vigne aux grains violacés, elle délimitait la rangée de glaïeuls. D'ailleurs, malgré l'heure matinale, des papillons blancs voletaient déjà parmi les hampes.

Dans ce décor enchanteur, sœur Agnès s'empara la première du broc en inox contenant le breuvage chaud et servit les droguées à la caféine. La mère supérieure copia son geste et versa une eau bouillante dans les bols de celles qui préféraient le thé aux origines anglaises d'après ce qui était écrit sur le sachet.

En moins de temps qu'il n'en faut pour le dire, les mâchoires s'activèrent, avalant goulûment la nourriture offerte. Le but suprême de la journée imposait cette attitude vorace. Le mot courrait de bouche-à-oreille : Basilique Saint Pierre ; à lui seul, il évoquait le Nirvana.

— Pensez-vous que nous obtiendrons l'autorisation d'entrer dans la « Chapelle Sixtine » bien qu'elle soit en cours de rénovation, ma mère ? demanda Vanessa en se penchant vers elle, entraînant par ce mouvement sa longue tresse de cheveux vers le pain recouvert de gelée qu'elle s'empressa d'essuyer avant qu'elle ne salît ses beaux vêtements.

La sexagénaire avait troqué sa tenue sportive de la veille pour une marinière sur un pantalon fluide et des espadrilles à semelles compensées. Elle avait aussi mis en valeur son cou en accrochant aux bouts de ses lobes d'oreilles des boucles en forme de gouttes d'eau allongées qui bougeaient à chaque inclinaison de sa tête, ce qui changeait du tout au tout son allure. Une parfaite touriste.

— L'exigence est-elle envisageable ? renchérit Ingrid qui était en train de tirer ensemble sa jupe-culotte aux motifs géométriques d'un orange vif sur un fond gris et son large chemisier renvoyant des reflets nacrés.

À l'inverse de Vanessa, elle avait opté pour une paire de chaussures ajourées à talons plats, le confort avant la coquetterie.

Silence.

La tablée muette attendait la réponse.

Argumentation évasive.

— Si l'horaire nous le permet.

Pour sûr que l'horaire de la journée le permettrait. Il serait respecté à la lettre, quitte à rogner sur les achats aux boutiques de souvenirs religieux dont on leur avait vanté les qualités avant de partir. « Surtout ne pas vous laisser gruger par de la pacotille vendue dans la Rome intra-muros ; acquérir de l'authentique, du savoir faire ancestral, du fait main par des moines ou des carmélites ; ramener une enluminure à glisser dans le missel ou bien, simple et utile, un marque-page signé à l'aquarelle ».

Une lueur d'espoir s'installa sur les visages et ne quitta plus les sept femmes durant le petit-déjeuner. La dernière bouchée avalée, elles se levèrent en chœur et regagnèrent leurs chambres respectives en vue du départ prévu pour 8 heures 30.

Vingt minutes avant de quitter l'établissement, les sœurs s'étaient regroupées dans le hall, avaient pris unanimement une décision cruciale, et déambulaient maintenant dans le parc en s'extasiant devant la multiplicité des variétés florales qu'elles découvraient au détour d'un bosquet, en rêvant d'un jardin à l'identique. Elles communiaient avec Dame Nature en oubliant l'heure pendant que leur guide manœuvrait le Combi.

Ne les voyant pas arriver dans les rétroviseurs, Vanessa, impatiente de partir, sonna le rappel en usant du klaxon. Un coup bref, mais sonore. Un dixième de seconde avait suffi pour braver l'interdiction proférée par une Ingrid outrée qui se tenait derrière elle. Elles accoururent à grandes enjambées, les voiles gonflés par la course. Essoufflées, les joues cramoisies, les passagères grimpèrent dans le véhicule. Penaude, la mère supérieure ferma la porte et s'installa à la place du mort.

Profil bas des religieuses.

9 heures 17.

Enfin, elle était là, la place Saint Pierre, grandiose, enveloppée par un voile brumeux annonciateur d'une chaleur torride dans l'après-midi, cernée par les deux bras en arc de cercle de la colonnade, resplendissante dans sa sobriété et sa solennité. L'obélisque en son centre se dressait vers les nuées et, derrière elle, se dévoilait la basilique avec sa coupole où du moins ce qu'elles pouvaient en apercevoir avec cette marée humaine fébrile qui se pressait vers le porche tout en levant la tête vers la célèbre loge centrale qui restait désespérément vide.

À la vue de cette multitude de gens, sœur Agnès prit la décision de fendre la foule. Elle joua des coudes, luttant contre la frénésie ambiante, entraînant à sa suite le groupe des sept. Droit devant vers la tombe de Saint Pierre.

Bien qu'elle soit horrifiée par son comportement, la mère supérieure la laissa faire, heureuse pour elle de ce moment d'insouciance juvénile en croyant libérer le passage alors que les gens, par noblesse de cœur pour ce qu'elle représentait et par prudence aussi, — il faut bien le reconnaître — s'écartaient devant cette épouse du Seigneur si pressée. Résultat de cette course effrénée : elles se retrouvèrent devant la porte centrale en bronze en moins de cinq minutes.

Franchissement du seuil.

Respiration retenue.

Rythme cardiaque accéléré.

Une sensation d'immensité se dégageait à l'intérieur de l'édifice où le brouhaha extérieur n'était plus qu'un lointain souvenir. Ici, on chuchotait, on communiquait par gestes, mais aussi par un étrange ballet de foulards et de parapluies multicolores. Nul besoin de plaquette pour se diriger ; suivre les téléphones portables, les appareils photographiques et les tablettes au bout des bras tendus suffisait pour trouver son chef-d'œuvre à immortaliser. Et il n'y avait que l'embarras du choix : la Pietà de Michel-Ange, la chapelle de Grégoire XIII, le monument funéraire de Clément XIII, les sculptures de Le Bernin, la statue de Saint Pierre en bronze aux pieds polis par les doigts des pèlerins en proie à une dévotion aveugle dans l'espoir d'obtenir un billet d'entrée pour le paradis céleste, sans oublier la chaire, l'autel, quelques tableaux, etc., etc. Ce n'était que magnificence et tout le monde s'extasiait à la vue de tant de beauté réunie, sauf la mère supérieure qui cherchait un visage connu d'elle seule : celui du cardinal Domenico Giordano, responsable de leur exceptionnelle autorisation à pénétrer dans la Chapelle Sixtine.

Inquiétude.

Stress.

S'éloignant de quelques mètres, la mère supérieure interpella la première calotte rouge qui croisa son regard. Au froncement des sourcils de l'ecclésiastique, elle réalisa qu'il n'avait pas compris un strict mot de ce qu'elle lui avait demandé.

Discours abscons.

— Vanessa !

— Oui, ma mère !

— Venez ! J'ai besoin de vous !

C'était gagné d'avance.

Avec un professeur d'italien comme aide linguistique, le dialogue s'instaura plus facilement. Elles apprirent que le cardinal était souffrant, qu'il était rentré chez lui sans laisser de consignes à leur encontre. D'ailleurs, lui-même n'était pas au courant de leur affaire. Il leur tourna le dos et partit avant qu'elles ne réagissent, soutane noire glissant sur le dallage laissant apparaître les bouts vernis de ses mocassins.

Déconvenue.

— Pas un mot d'ici que je trouve une solution, Vanessa.

— Je serai une tombe si je peux m'exprimer ainsi dans un tel lieu, répondit-elle en alliant le geste à la parole, pouce et index collés devant la bouche.

— Vous avez l'air souffrant, ma mère ? questionna sœur Agnès qui s'était rapprochée et à qui rien n'échappait.

— Une légère contrariété dont je vais m'occuper immédiatement. Je vous abandonne une petite demi-heure. Je vous retrouverai toutes devant Saint Pierre.

Et sans leur donner plus d'explication, la mère supérieure s'éclipsa. Elle sortit de la basilique, tourna sur la droite, s'engagea dans une ruelle déserte et avança jusqu'à atteindre une porte insignifiante devant laquelle stationnait un officier de la garde Suisse reconnaissable à son uniforme cramoisi.

Palabre inutile.

Reconnue par l'œil inquisiteur de la caméra dissimulée dans une niche abritant un Christ crucifié en marbre, un déclic se fit entendre, et la porte pivota légèrement sur ses gonds.

Discrétion à l'ouverture.

Regard circulaire du garde.

La mère supérieure entra. Connaissant les lieux comme sa poche, elle fonça sans se retourner vers le but fixé : les appartements privés.

La richesse des pièces aux portes entrebâillées attestait la puissance exercée par la papauté depuis des siècles et des siècles. Le mobilier s'inscrivait dans les courants artistiques de l'époque, s'étalant du Moyen Âge à Louis XVIII. La série de portraits, dans les couloirs empruntés, était de différentes factures ; des tableaux peints par des artistes en vogue allant de la Renaissance au Contemporain. Le sol parqueté était recouvert de tapis persan, un choix personnel du pape actuel. La magnificence était difficilement acceptable pour un mortel en songeant à la pauvreté qui sévissait sur la planète ; mieux valait attribuer cet étalage à des dons et à des commandes aux cours des siècles ; la mère supérieure pressa le pas.

L'ami de longue date l'attendait dans son bureau. Elle embrassa l'anneau papal avant d'embrasser les joues flasques de cet homme à peine plus âgé qu'elle, tous deux revivant le passé à chacune de leur rencontre. Il y a des missions qui ne s'oublient pas, la leur en faisait partie, ensemble dans un même combat en terrain hostile à l'aube de leurs engagements. Le statut actuel ne changeait rien à leur amitié. Il lui tendit une feuille qu'elle s'empressa de ranger dans la poche de sa robe.

— Aujourd'hui, il me sera difficile de vous recevoir. Demain, peut-être, au plus tard vendredi, avant que vous ne quittiez notre belle cité.

— J'y compte bien.

Un sourire de connivence sur leurs lèvres scella le rendez-vous.

À ses traits détendus lorsque la mère supérieure revint de son escapade, Vanessa sut que celle-ci était porteuse d'une bonne nouvelle.

— Continuons la visite, mes filles. Ce soir, la procession nous attend à la congrégation.

Ce qu'elles firent jusqu'à dix-sept heures, boutiques comprises.

Moiteur des corps dans le Combi.

Paquets sur les genoux.

À dix-neuf heures, elles étaient de nouveau toutes les huit attablées. Les sandwichs de midi ayant été dévorés en un rien de temps, elles firent honneur à la soupe froide de courgettes au gingembre et à l'eau fraîche dans les cruches en grès que sœur Marie-Thérèse, une brune aux yeux vairons, un marron et l'autre vert, la plus jeune du couvent âgée d'à peine vingt-huit ans, servit dans les verres en Pyrex transparents. On parla peu. On se restaurait.

À vingt heures, elles rejoignirent la chapelle du matin. Elles y trouvèrent le prêtre dont elles avaient appris le nom entre-temps. Il s'appelait Igor Basnaszad, curé du village de Raczyce en Pologne. Le front plissé, remuant les lèvres comme s'il invoquait Dieu ou le Diable, il essayait de résoudre le périlleux problème de la procession. De plus en plus inquiet, il regardait s'entasser les fidèles au fur et à mesure de leur arrivée. Pour une fois qu'ils s'étaient déplacés en nombre, religieux et pensionnaires mus par un sentiment commun de fraternité, il n'allait pas les faire tourner en rond dans cet espace restreint. Novice en la matière, il démarrait fort. Que de monde à placer ! Son angoisse augmenta à un tel degré d'intensité qu'il fût incapable de savoir si c'était la chaleur régnant dans cette pièce à l'air confiné ou l'émotion qui le faisait transpirer autant. La mère supérieure aperçut son désarroi et vint à son secours. Elle eut une idée de génie. Motif officiel : agrandir l'espace en déplaçant l'autel dans le parc et organiser une déambulation à travers les parterres de fleurs afin de louer la Vierge Marie ; motif officieux : analyser les prouesses des jardinières afin de reproduire dans le jardin du couvent la même disposition des plantes. Elle ne doutait pas de l'enthousiasme de ses filles lorsqu'elle leur insufflerait l'idée, chacune d'elles garderait en mémoire de précieux détails qu'elle transcrirait sur un cahier avant de se coucher.

Aussitôt dit, aussitôt fait.

Toutes et tous y allèrent de leurs dévouements. Dans un élan spontané, ils participèrent à l'installation extérieure sauf Ingrid qui resta dans la chapelle pour renseigner les retardataires après avoir gentiment rabroué sœur Marthe qui tenait absolument à fournir les explications nécessaires au bon déroulement de ladite procession à sa place.

Un bis repetita, avait de suite pensé Ingrid. Pas question !

Et comme Ingrid avait mal aux pieds dans ses chaussures neuves trop étroites malgré la souplesse du cuir, souplesse qui avait été louée par le vendeur sur un ton mielleux, elle avait sauté sur la proposition d'éviter la douloureuse marche et avait tiré une chaise devant la porte béante. Assise, elle s'était déchaussée et se reposait en contemplant la peau meurtrie de ses talons qui annonçait, fatal constat, le début des ampoules.

Trente minutes après, estimant qu'il ne viendrait plus personne, Ingrid avait rangé la chaise. Maintenant, elle se tenait devant l'autel, adossée contre le tronc tortueux d'un olivier centenaire aux racines noueuses, s'exhibant dans la position du flamant rose en soulageant une jambe après l'autre, ce qui fit sourire sœur Agnès lorsqu'elle la vit.

Commença la messe.

20 heures 30. Déménagement des tréteaux, de la planche en bois et du nécessaire liturgique.

Retour dans les chambres.

21 heures 30. Au lit.

Sœur Marthe avait fini de bougonner. La promenade l'avait apaisée. Suivant à la lettre les recommandations de la mère supérieure, elle avait coupé en douce la tige d'un rosier à fleurs jaunes au parfum intense, laquelle tige terminait son existence romaine dans le verre à dents rempli d'eau de la salle de bains.

Quant à sœur Agnès, elle avait la mine réjouie de celle qui a passé une très agréable journée. La tête sur l'oreiller, les lèvres entrouvertes, elle était loin d'imaginer que sa béatitude allait disparaître en moins de quarante-huit heures.

3

20 heures trente. Proche de Rome.

Quelque part dans la campagne, dans une chambre aux volets clos, un homme ouvrit une armoire. Il attrapa une chemise noire et satinée à manches courtes, la reposa sans la déplier, en choisit une autre dans une étoffe identique, mais celle-ci à manches longues. Il la tint un moment entre ses doigts. Il caressa la fibre soyeuse en s'attardant sur les boutons nacrés. Il hésitait entre les deux. Là où il se rendait, il ferait chaud. Après moult indécisions, il opta pour les manches longues qu'il retrousserait au besoin.

Il avait déjà enfilé son pantalon moulant en cuir et ses chaussettes en fil d'Écosse. Il glissa ses pieds dans des bottines en cuir souple. Il était tout de noir vêtu car il aimait s'habiller en noir. C'était certainement dû à sa fonction. Une vieille habitude prise avec les années. Il ferma la porte de l'imposant meuble en chêne et se contempla dans la psyché. Il lui restait à choisir la ceinture.

Dans le tiroir de la commode s'alignaient sur trois rangées différents modèles de boucles. Sobre et chic. Ce soir, c'était ce qu'il voulait. Il prit celle à la boucle en métal brossé de la marque Hermès et délaissa toutes les autres, même celles en argent massif. Ce signe ostentatoire discret suffirait à appâter l'imbécile ; il connaissait suffisamment l'être humain pour l'avoir trop souvent vu convoiter les richesses d'autrui.

De nouveau, il se regarda dans le miroir. Il haïssait le vieillissement de son corps, appréhendant ce qu'il allait devenir un jour, une vieille loque rabougrie sur laquelle on détournerait le regard de peur de ressembler au vieux débris ambulant.

Acceptable.

Il leva son pouce en signe d'approbation. Un sans-faute.

Salles de bains. Marbre rose et robinetterie dorée.

D'une main malhabile, l'arthrose ayant commencé la lente déformation des phalanges, il attrapa le mascara Dior et l'appliqua sur les cils jusqu'à ce qu'ils soient recourbés à la perfection, allongeant ainsi leur taille à leur maximum de leur possibilité. Cette précision lui donna des sueurs. Il s'épongea le front avec une boule de coton avant de tracer la ligne noire avec son eye-liner sur la paupière inférieure. Bientôt, il lui faudrait supprimer ce trait fin qui sublimait le regard. Il y arrivait encore avec de sérieuses difficultés, seulement, il finissait toujours par ôter le surplus avec un coton-tige quand ce n'était pas la balafre sur la pommette causée par un tremblement, et cette constatation lui minait le moral.

Le plus dur ayant été fait, il devait maintenant étaler la crème de nuit sur son visage, un soin qui était censée lui tendre la peau et lui redonner ses vingt ans. Il se serait contenté de quarante, à soixante-deux ans, on ne demande par un miracle, quoique ?

La pommade pénétrée dans l'épiderme, il jugea le rendu satisfaisant. Sur une étagère, plusieurs flacons de parfum, d'après rasage et d'eau de toilette attendaient les desiderata de Monsieur. Sans réfléchir, il aspergea son cou de parfum Hermès. Il affectionnait la marque ce soir.

Reflet dans la glace d'un être épanoui.

Il défit sa braguette et pissa dans le lavabo comme il le faisait à chaque fois qu'il partait dans les bas-fonds de Rome. Ce geste l'aidait à se métamorphoser ; et pour achever la métamorphose, il savait quoi faire. Il se dirigea vers le salon où se trouvait le coffre caché par la lithographie du peintre russe Chagall : « La création de l'homme ».

Les unes après les autres, sur la table basse en marbre de Carrare, il ordonna les boîtes suivant leur taille. Le cuir rouge vermillon lui lançait des appels sur la couleur blanche du plateau : « Manipulez-moi, caressez-moi, prenez-moi ». Dans un instant, il allait succomber au charme tentateur car à l'intérieur des écrins scintillaient les bijoux en or jaune, pareils au ver dans la pomme qui pourrissait son âme au paradis terrestre.

Les yeux clos, il s'empara de la gourmette qu'il ferma sur son poignet droit. Tel un aveugle retrouvant ses repères après une longue absence, il remplaça son anneau par une chevalière gravée aux initiales de son père : P G. Il la fit tourner autour de son annulaire, puis arrêta son geste et puisa dans l'écrin une autre bague sertie d'un diamant noir qu'il passa au majeur gauche. Il ouvrit les yeux et osa regarder ses mains. Il compléta l'ensemble par deux fins anneaux, un en or jaune et un en or rose, qu'il fit glisser le long de ses auriculaires, équilibre parfait des richesses.

Puis ce fut au tour de la chaîne à mailles carrées de prendre l'air.

Avec délicatesse, le bijou effleura la calvitie et enserra son cou ; il pendait jusqu'à son nombril ; il était lourd ; il ne le portait pas souvent mais, aujourd'hui, il éprouvait le besoin de le sentir contre son torse, brillant de mille feux sur le tissu noir de la chemise. Il serait le phare qui guiderait le dévoyé vers sa personne, ou bien l'inverse, mais n'était-ce pas ce qu'il recherchait en ce fatidique soir ? Se perdre parmi les hommes au cours de cette nuit, se fondre dans l'obscurité, marcher dans les ténèbres, franchir le Rubicon sans pouvoir revenir en arrière.

Puis chaque chose revint à son point de départ. Les écrins. La porte du coffre. La lithographie.

Il avala le dégoût qu'il infligeait à son corps et attrapa le trousseau de clefs dans le vide-poches du vestibule avant de changer d'avis.

Il manœuvra la Fiat 500 noire dans la cour gravillonnée du mas à la lueur des rayons lunaires. Un choix qu'il avait opté dès qu'il avait obtenu son permis de conduire car, selon lui, elle incarnait le symbole de la voiture italienne par excellence comme l'était aussi la Vespa pour les motocyclistes. Il franchit le portail automatique.

La route serpentait. Les frênes défilaient, éclairés par les rares véhicules, invariablement. Leurs formes burlesques qui se détachaient dans l'ombre concouraient à un paysage d'héroïque fantaisie. Puis vint le ruban gris à travers les oliveraies qui dévala en douceur la colline verdoyante, virage après virage.

Il laissait derrière lui les demeures fortunées, la sienne comprise, pour des quartiers plus populaires nommés « ceux d'en bas » par les gens de bonnes conditions. Comme eux, il était parti pour une virée nocturne en employant, parfois, lui aussi, ce terme péjoratif. Aujourd'hui, il était leur homologue ; des papillons de nuit attirés par la débauche, se moquant de la moralité puritaine.

En moins d'un quart d'heure, il avait fini de descendre les lacets. Il emprunta l'entrée de la rocade et accéléra. Il avait hâte maintenant. Un mois qu'il avait attendu ce moment. Trop souvent en transit entre deux aéroports à cause de cette foutue rénovation, le chef-d'œuvre de Michel-Ange. À cause d'elle, il n'avait pu assouvir cette pulsion viscérale qui lui tenaillait le bas-ventre. Pourquoi faut-il que les meilleurs artisans soient en dehors de nos frontières ? pensa-t-il en écrasant la pédale de l'accélérateur. Il jeta un coup d'œil sur le tableau de bord.

Il était 22 heures 02. La température extérieure était de 29° Celsius.

Merde ! gueula-t-il Il fait encore chaud et pas d'orage prévu.

Il décapota. Il sentit l'air tiède lui fouetter le visage. Il leva le pied. La vitesse de la Fiat 500 chuta à cent kilomètres par heure. Il roula ainsi jusqu'à ce qu'il vît le panneau indicateur de la sortie.

Dans moins de vingt minutes, je serai arrivé, dit-il en tapant du plat de la main le volant.

Il sourit à cette remarque en songeant à ce qu'enduraient ses semblables en ce moment.

Parking souterrain.

Claquement de portière.

Terminus.

Il toqua à la porte du club privé tout en lisant l'heure sur le cadran de sa montre.

22 heures 21.

Pas trop tôt pour paraître ringard, ni trop tard pour paraître un vieux beau qui aurait dormi avant de venir par crainte de ne pas être à la hauteur.

Subrepticement, le judas montra l'iris du videur.

Salutations d'un habitué des lieux.

Il descendit l'escalier zingué éclairé par des appliques LED en forme de flammes comme autant de torches olympiques. Droit comme un piquet tordu, marche après marche, il s'engagea vers l'antre de la luxure en ayant l'impression d'être à un tournant de sa vie, que ce soir il découvrirait la vérité et gravirait le podium. Il rapporterait la réponse à qui de droit. Ce soir, il ne faillirait pas comme les autres fois. Ce soir, il irait jusqu'au bout quoiqu'il lui en coûtât.

Il perçut la musique avant de pénétrer dans la salle aux lumières tamisées.

Les notes mélodieuses se perdaient dans le décor raffiné. Suspensions orangées en provenance d'un maître verrier de l'île de Murano. Comptoir en inox reluisant de propreté derrière lequel s'affairait un barman d'origine japonaise qui était en train de manier un shaker avec dextérité, ayant posé auparavant devant lui deux verres à cocktails en cristal de Bohème délicatement taillés, l'un de couleur verte et l'autre de couleur rouge. Et d'ailleurs, c'était ce qu'il aimait ici : ce raffinement jusque dans le détail, cette féerie de nuances procurée par les verres qui se reflétait dans les miroirs derrière l'Asiatique.

Il se dirigea aussitôt vers la banquette en cuir bordeaux restée libre, isolée dans le fond de la salle, sans se rendre compte qu'un homme juché sur un tabouret haut à l'extrémité gauche du bar, l'observait depuis son arrivée en sirotant un whisky on the rocks.

Il aura fallu que je supporte quatre semaines de ces putains de soirée avant que ma persévérance ne porte ses fruits, éructa l'homme à voix basse. Trente et un soir à subir les avances de ces tantouzes pour qu'en finalité je passe à l'action en appliquant leurs méthodes de drague à la con.

Emportant son verre, l'homme se dirigea vers sa proie. À deux mètres, il stoppa.

Tête en arrière pour mieux le dévisager. Il vit que l'homme était beau. Un trentenaire musclé au crâne rasé et à la peau hâlée. Un ensemble en cuir de couleur marron glacé et des baskets blanches. Une chemisette en lin jaune paille ouverte sur un torse poilu dont il imagina les abdominaux virils. Il se demanda comment il pouvait lui plaire, l'attrait de l'or ou bien l'attirance du fric qu'il dégageait, probable que cela fut un mélange des deux. Il l'invita à s'asseoir et fut surpris qu'il vint se coller à lui sans aucune retenue. Pour une entrée en matière, on ne peut pas être aussi direct, pensa-t-il en esquissant un sourire qui se voulait enjôleur, mais qui eut un effet contraire en agrandissant ses rides d'expression.

Démarrons le jeu du chat et de la souris. Le vieux n'attend que ça, déduisit l'homme.

— Pietro.

Dix secondes d'indécision.

— Marcus.

Le vieux ment, jugea l'homme d'emblée. Il croit que j'ignore son identité. Pauvre imbécile !

Les deux s'apprivoisaient, s'étudiaient mutuellement, pesant leurs mots afin de ne pas dévoiler à l'autre la raison de sa présence.

Estimant que les préliminaires avaient assez duré après quarante minutes de conversation stérile et deux verres vides, l'homme posa sa paume droite sur la cuisse gauche de son voisin et remonta lentement vers le sexe, sûr du résultat qu'il escomptait obtenir.

L'érection fut immédiate. Il sentit sa verge se durcir d'un coup.

L'homme en profita pour le caresser. Puis il serra les testicules et les relâcha aussitôt pour revenir aux frictions sur la verge. C'était lui qui menait le jeu, endossant le rôle du dominateur et jouissant du plaisir sadique qu'il infligeait à son partenaire. Douleur et volupté. Il continua son manège jusqu'à ce que ce compagnon d'un soir prononçât la supplique espérée.

Le couple quitta l'établissement en silence.

Devant le parking, l'homme refusa de l'accompagner dans le souterrain, préférant fumer sur le trottoir la cigarette qu'il avait sortie de son paquet. Dès que sa conquête eut disparu de son champ de vision, il envoya par SMS : OK.

4

23 heures 50. Proche de Rome.

Devant le portail automatique en train de s'ouvrir, il actionna l'éclairage extérieur.

Féerique.

Dans une attitude théâtrale, il montra à son passager la magnifique demeure qui était la sienne. L'architecture était conforme à l'agencement des villas méditerranéennes avec sa traditionnelle pergola sur laquelle s'agrippait une glycine aux fleurs fanées, ses buissons de lavandes mêlés à ceux des cistes cotonneux taillés en forme de boule et plantés en bordure d'une terrasse en partie gazonnée et éclairée par des torches scellées dans le dallage. Une vigne vierge courait le long du bâtiment de gauche désigné par le propriétaire comme étant le garage, tandis que sur le mur de l'habitation principale grimpait vers la toiture un bougainvillier enraciné entre deux baies vitrées. Loin derrière, on distinguait la cime des cyprès s'élançant vers le ciel délimitant le bout de la propriété.

L'homme regardait sans voir. Il ne souhaitait qu'une seule chose : s'extirper de cette voiture inconfortable dans laquelle il avait eu un mal de chien à se caser. Il n'avait même pas pu étendre ses jambes. Il avait dû les garder repliées durant tout le trajet. Un supplice qu'il allait faire payer au conducteur au centuple.

Il était pressé. Il avait fantasmé en conduisant, le sexe gonflé de désir. Il gara la Fiat 500 au milieu de la cour, pauvre voiture qui ne couchait jamais dehors.

L'homme sortit le premier et s'empressa d'allumer une clope. Il tira dessus quelques secondes et rejeta la fumée en direction du propriétaire à quelques mètres de là où il se tenait.

Provocateur ? nota-t-il. J'aime ça.

L'homme continua à fumer pendant que le maître des lieux suggérait de s'installer dans le patio.

— Profitons du peu de fraîcheur que nous accorde la nuit pour boire un dernier verre, dit-il.

— Attends.

L'homme avança en jetant son mégot sur les gravillons, le bout incandescent rougeoya un instant dans les airs avant de s'éteindre sur les graviers. Il lui prit le bras et l'attira vers lui, puis plaqua ses lèvres sur la bouche surprise. Il l'obligea à desserrer les dents pour plonger sa langue au fond de la gorge et l'embrassa avec ardeur. Il l'immobilisa et engagea sa main dans le pantalon de son partenaire tout en continuant à l'embrasser avec violence.

Il n'en revenait pas d'une telle impatience.

— Fougueux étalon !

— Et tu n'as encore rien vu !

La braguette descendue avec empressement, l'homme s'enhardit à glisser ses doigts dans le slip.

Il était aux anges. C'était mieux que le scénario qu'il avait imaginé en visualisant depuis des années des cassettes pornographiques d'homosexuels qu'il se procurait sur internet en utilisant un pseudonyme, — le site veillait à expédier les colis sans y apposer dessus un signe distinctif, anonymat garanti pour le client. Et il ne s'en était pas privé. Pour autant, il n'avait pas eu de réponse satisfaisante en ayant recouru à cet artifice ; mais, avec cet individu rencontré par hasard, il saurait enfin ce qu'était l'attirance des hommes pour leurs semblables du même sexe. Il aurait la réponse à son démon.

L'homme ne lâcha pas sa proie. Il avait réalisé depuis longtemps que le soi-disant pédéraste qu'il tenait entre ses bras était un néophyte en ce qui concernait l'homosexualité masculine.

Putain ! Mais qu'est-ce qu'il fout ce con ! râla-t-il intérieurement. Il en met du temps à se pointer. Je ne vais quand même pas devoir lui sucer la bite à ce vieux bouc !

L'homme avait beau écouter, il n'entendait que le chant des grillons sur l'herbe. Une grenouille coassait au loin.

Il essaya d'être moins passif et entreprit de le déshabiller en procédant comme lui.

L'homme arrêta son geste avec une brusquerie soudaine.

Décontenancé, il essaya de l'amener vers la table en fer forgé qui se trouvait sous la pergola. Il voulait appuyer son dos contre quelque chose de dur qui le maintiendrait en équilibre.

L'homme comprit l'idée. Ce n'était pas du tout son plan. Il devait rester à découvert. Il tendit l'oreille. Un bruit léger se manifesta. Progressivement, le son se rapprochait. Il devait agir vite maintenant. L'autre ne devait pas deviner ses intentions. Il mit un genou à terre, sortit le sexe durci et le coinça entre son pouce et son index.

Il n'y croyait plus.

Une fellation dans mon jardin ! pensa-t-il, enchanté. Un expert, celui-ci ! Et sans aucune gêne !

— La chance que j'ai, nom de Dieu, de t'avoir trouvé.

— Tu causes trop. Laisse Dieu où il est. Ferme les yeux et apprécie.

Il sentit la langue râpeuse sur son gland. Il posa les mains sur les épaules de l'homme.

— Ne bouge pas, ce sera meilleur.

Il lui fit confiance. Immobile, il essaya de chasser l'insecte qui était en train de lui piquer le cou et s'abandonna au désir.

L'homme alterna branlette et fellation jusqu'à ce qu'il sentît la verge devenir molle et les genoux de sa proie fléchir. Il l'allongea par terre tout en crachant sur lui, fouilla la poche de son pantalon et prit le bip.

Ouverture du portail automatique.

Une Nissan Micra grise stationnait sur la route, les feux de détresses allumés.

L'homme fit signe au conducteur de venir.

— Qu'est-ce que tu as foutu ? C'était moins une qu'il me gerbe sur la gueule !

— Je n'arrivais pas à démarrer la caméra. J'ai dû recommencer la procédure trois fois.

— Merde ! Un drone à diriger, ce n'est pas compliqué. Un môme de cinq ans sait le faire !

— Je n'ai pas eu d'entraînement. L'essentiel, c'est d'avoir assuré le tir et qu'il pionce, non ?

— On voit que ce n'est pas toi qui as dû le sucer pendant que tu lisais le mode d'emploi ; et avec ta connerie, il faut se dépêcher tant qu'il est dans les vapes. On a grosso modo vingt minutes pour le déplacer. Prends-le par les pieds. Grouille !

— On le pose où ?

— Dans sa bagnole, côté passager. On l'attache avec la ceinture et on se casse illico presto. Tu conduis cette merde et tu me suis.

Fermeture du portail automatique.

Extinction des lumières.

Le lancement de la seringue par le drone avait été aussi efficace qu'un fusil hypodermique, l'Hétamine injectée aussi.

Il dormait sur son siège du sommeil des sages, le plaisir sur les lèvres avant la douleur.

Jeudi 15 août

5

0 heure 30. Sur les hauteurs de Rome.
— Alors ? On est enfin réveillé ? questionna l'homme.
— Où suis-je ?

Il regarda sur la droite puis sur la gauche. La pièce était sombre. Il en distinguait à peine les contours. La lampe à gaz posée par terre diffusait un faible halo. Une odeur de moisissure, d'urine et d'excrément mélangés infestait l'air.

L'homme le dévisageait, muet comme une carpe, le regard haineux, conséquence de l'humiliation qu'il avait subie. Il se décida à lui répondre du bout des lèvres sur un ton cassant.

— Tu n'as pas besoin de le savoir.
— Pourquoi m'as-tu attaché contre ce mur ? C'est un nouveau jeu sexuel ?
— Si on veut.

Il tira sur ses poignets. La corde résista et lui meurtrit la peau. Il tourna la tête. Il avait les manches retroussées jusqu'aux coudes. Le lien était fin, un mélange de fil d'acier et de polyester grossièrement torsadés, une fabrication artisanale qui lui entaillait la chair au moindre mouvement. Il se calma. Le contact de la pierre était froid, à moins que cela ne fût la raideur de ses doigts. Non. C'était bien le mur en moellons qui se refusait à absorber la température caniculaire de l'après-midi. Il devait se trouver sur les hauteurs, proche d'une montagne. Estimant le temps d'inconscience à une trentaine de minutes, il en déduisit qu'il devait se trouver à une cinquantaine de kilomètres de chez lui, peut-être moins en conduisant vite. Ses yeux s'habituèrent peu à peu à la pénombre. Le sol était en partie recouvert d'herbe sèche comme si quelqu'un l'avait répandue pour en faire un semblant de lit. L'émanation devait venir de ça, ou pas. Du peu qu'il discernait, l'endroit ressemblait à une borie sauf que la pièce était carrée et non pas ronde, qu'elle avait un toit en tuiles mal assemblées, et qu'elle pouvait être condamnée de l'intérieur par une vulgaire planche en guise de porte, elle-même renforcée par une barre de fer posée sur des montants fichés entre deux pierres de part et d'autre de l'ouverture. Un moyen illusoire pour se protéger des prédateurs. Et lui, il n'avait aucun moyen pour échapper à son prédateur car il sentait bien que cette mise en scène n'était pas un jeu.

— Libère-moi.

— Reste tranquille.

— Tu fais aussi dans le sadomaso ?

— Ne sois pas si pressé. Tu auras tes sensations fortes en temps et en heure.

— Tu attends quelqu'un ?

— Tout juste et tu ne seras pas déçu.

— Dis-moi où je me trouve ?

— Ferme ta grande gueule ! Tu l'ouvriras bientôt. J'ai l'expérience de mec comme toi. Celui qui pose les questions, c'est moi.

Il se tut. Il constata que l'homme était tendu comme un arc, prêt à lui sauter à la gorge. Il ne souhaitait pas envenimer la situation. Il aperçut une lueur rougeâtre autour de lui. Fugace, elle disparut aussitôt.

Un homme entra. Il était petit, maigrichon, la cinquantaine, les yeux injectés de sang. Il affichait le sourire narquois de celui qui se croit supérieur. Lorsqu'il se pencha vers lui, un air vicieux s'afficha sur son visage. Son haleine était chargée. Il empestait l'alcool bon marché, la vinasse à trois francs six sous.

— On va bien s'amuser, toi et moi.

— Tu en as mis du temps.

— J'ai repéré les lieux, Pietro. À deux kilomètres, c'est faisable.

Il prit peur. Ça puait le complot à plein nez. La menace était bien réelle. La lueur revint, intense et grandissante, entourant les deux individus puis elle se dissipa.

Et le jeu commença. Une première gifle s'abattit sur la joue gauche de la victime, puis une deuxième, histoire de s'échauffer les muscles. Le petit cognait fort. Le grand posait les questions.

— Dis-nous où tu l'as caché ?

— De quoi parlez-vous ?

— De ce que toi et ta famille, vous nous avez volés.

— Je ne suis pas au courant.

En représailles, un coup de poing s'abattit sur sa tempe. L'arcade sourcilière éclata. Une traînée rouge creusa un sillon sur la chemise froissée. Il serra les dents. Que lui voulait-on ? C'était incompréhensible. Quatre heures auparavant, il était tranquille chez lui à concocter un plan sans faille qui mettrait fin à ses doutes et maintenant il était le jouet de ces malfaiteurs en proie à une violence acharnée.

— On s'est renseigné. En ce moment, ton neveu subit un traitement identique au tien. Un seul mot de ta part, et je mets fin à son calvaire, affirma le plus grand en brandissant son téléphone portable.

L'homme bluffait. Non seulement il n'y avait pas de réseau dans ce bled paumé, mais, de plus, il n'avait pas réussi à joindre le gars en France. La ligne sonnait dans le vide à chacun de ses appels.

L'enfoiré a dû l'éteindre, se dit-il. Encore un jeunot qui se la joue caïd. La mission retombe sur mes épaules. Le groupe comptait sur nous. Si une carte perd l'équilibre, c'est le château qui s'écroule. Je dois absolument parvenir à ce qu'il parle avant qu'il ne claque sous les traitements de ce pervers de Philippo, pensa-t-il. Il lui inflige une sacrée dérouillée. Mort pour mort, il fait durer l'acharnement avec le sadisme dont il est si fier, et l'autre abruti se tait. Je répéterai la phrase jusqu'à ce qu'il craque.

— Dis-nous où tu l'as caché ? Épargne la vie de ton neveu.

Il chercha dans les replis de sa mémoire. En vain. Il avait beau réfléchir, c'était le néant dans son cerveau embrumé. En outre, des neveux, il en avait trois. Quel était celui qui subissait la torture ? Celui de France ou ceux d'Italie ? Devait-il en sacrifier un pour sauver les deux autres ? Et quelle garantie avait-il que les tortionnaires ne s'en prendraient pas aux deux autres par la suite ? Zéro.

Les coups pleuvaient. Le visage en bouilli, la tête penchée couverte de sang, des gouttes suintant par les narines, il ne voyait plus ses agresseurs. Seules les lueurs rouges, zébrées maintenant de noir, entouraient les deux tortionnaires. Elles grandissaient à vue d'œil.

Je dois avoir la cornée en bouillie, pensa-t-il dans un sursaut de lucidité. Je vais finir aveugle.

— Arrête de cogner, Philippo. Il va crever à ce rythme.

— C'est toi le chef. Alors si j'arrête, je dégaine l'outil. C'est la règle.

Le petit homme décrocha la dague pendue à sa ceinture. Il bavait de rage. C'était la première fois qu'on lui résistait. Il ne le supportait plus. Aux bords de l'hystérie, il déchira la chemise avec la lame et entailla la peau du torse. Il s'amusa à tracer des croix, tirant sur les poils gris qui entravaient le déroulement du supplice.

Jubilatoire !

Il tressaillit et poussa un hurlement.

— Alors ! Tu te décides à parler !

— Maintenant, il va tout nous raconter. Tu vas voir, Pietro. J'en suis sûr.

Galvanisé par la vue du sang et des cris, Philippo coupa la ceinture et le pantalon.

L'homme ne put retenir le bras qui s'attaquait à la virilité de sa victime.

Il hurla sous la pression du tranchant enfoncé dans la chair qui entamait les bourses. La dague lacérait les bijoux de famille d'avant en arrière et de droite à gauche. La douleur devint insoutenable lorsque son testicule droit se retrouva pendu dans le vide, à peine retenu par un lambeau de glande. Des larmes coulèrent sur ses joues. Il ne les retint pas. Il en goûta le sel.

L'homme releva le visage du supplicié.

— Parle. Songe à ce qu'endure ton neveu.

Il ne pensait plus. Il n'avait qu'une hâte : que la souffrance s'atténue, que cessent ces deux bourreaux de l'inquisition. Il n'était pas un martyre. Il lui fallait mentir pour sauver sa peau. Dans un souffle, il murmura.

— Le…

— Qu'est-ce que tu dis ?
— Le...

L'homme approcha son oreille vers la bouche aux lèvres fendues et boursouflées.

— Le...

Il plongea dans le noir absolu. Les auras disparurent définitivement sans qu'il en connût la raison.

— Et merde ! C'est quoi ce bordel ?

— J'ai dérapé. Tu me gênais. Quelle idée tu as eu de venir te coller à lui. J'y étais presque.

— C'est quoi ce sang qui gicle ?

— Je ne sais pas.

— Putain ! Tu as touché l'artère de sa bite. Il va nous lâcher.

L'homme le secoua. Le corps ballotta entre ses paumes, lui pissant dessus le peu qui lui restait encore en circulation dans les vaisseaux.

— Coupe les liens pendant que je prends la bâche en plastique. Laisse son or sur lui. Que les flics croient à un suicide.

Ils l'enroulèrent avec la pièce de toile imperméable en le maintenant serré. Ils le déposèrent sur le siège arrière de la Fiat 500.

Dans la petite salle, ils répandirent le sac de terre prévu sur les flaques rouges.

— Avec le carnage que tu as fait, pas sûr que cela suffise. L'odeur va attirer les charognards.

— J'avais pris un bidon d'essence de vingt litres pour mettre le feu à la bagnole après. On n'a qu'à en asperger le mur et le sol. Ça fera fuir les bêtes.

— Fais-le puisque c'est toi le responsable de ce merdier. Tu en répands un peu et après on s'arrache.

L'Italienne roulait devant, l'homme à la Nissan suivait. Philippo stoppa en haut du col dans le virage, juste avant l'intersection, et sortit du véhicule.

— C'est là.

— Parfait. Route peu fréquentée. Un chemin forestier. On y va fissa.

Ils avancèrent la Fiat 500 proche de la falaise. Ils tirèrent bâche et corps vers eux, la déroulèrent, soulevèrent le mort et l'attachèrent sur le siège conducteur avec la ceinture de sécurité. Ils placèrent ses mains sur le volant, arrosèrent les sièges et la carrosserie avec le fond du bidon d'essence et poussèrent dans le vide la voiture et son occupant. Elle percuta un rocher, ricocha et termina sa course cent mètres en contrebas. Le moteur explosa, embrasant la capote, léchant la carrosserie. Philippo Battisti rangea le bidon vide et la bâche ensanglantée dans le coffre de la Nissan. Il claqua la portière côté passager sans dire un mot.

Pietro Julia contempla les flammes un instant. Le feu effacera tout, y compris l'acharnement de cet abruti, raisonna-t-il en mettant le moteur en marche. Il recula, fit demi-tour et regagna la route goudronnée. Il amorça la descente du col avec un unique regret : la proie ne s'était pas confiée. Il allait falloir se justifier vis-à-vis de la hiérarchie, et recommencer.

Avec qui ?

Et comment ?

6

Ce même jeudi 15 août, à Troyes.

Assis dans le fauteuil capitonné rose dans un coin du salon faiblement éclairé par le lampadaire de la rue, il regarda de nouveau les aiguilles de la pendule. De là où il se trouvait, il n'arrivait pas vraiment à déchiffrer ce qu'elles indiquaient : deux heures moins dix ou bien vingt-deux heures dix. Il en avait ras le bol d'être coincé dans ce magnifique trou à rat. Le boss avait précisé que c'était pour ce soir sauf que son invité tardait à arriver.

Bordel de merde ! jura-t-il tout bas. L'envie d'uriner me prend à la gorge avec la bière que j'ai ingurgitée tout à l'heure, et le bruit de la chasse risque d'avertir les voisins du dessous. Heureusement que le gus crèche à l'étage de cette baraque avec une entrée séparée ; ils n'ont rien entendu et que ce con de proprio n'a même pas songé à sécuriser la piaule. Le boss avait raison en disant que cette ancienne maison à colombages était vulnérable. Les amoureux des vieilleries laissent les choses dans leur jus, question de principes, la modernité, ils ne connaissent pas, le système d'alarme non plus.

« Ce sera du gâteau » avait dit le cerveau du groupe. « Tu forces le volet de la cuisine à côté de la porte, tu pètes la vitre et tu entres. Ensuite, tu refermes, ni vu, ni connu ».

Merde ! Je ne peux plus me retenir ! Il faut que je pisse !

Il se leva doucement dans l'obscurité, les pieds nus, et se décida à vider sa vessie dans les W-C de la salle de bains. Il ne se trompa pas, il avait visité les lieux tout de suite en arrivant pour chercher un emplacement stratégique où attendre.

La chose accomplie, il décida de retourner dans son coin. Avant de s'asseoir, il s'empara d'un stylo-bille qui traînait sur la table basse pour occuper son temps avec.

Des goûts de gonzesse ! ricana-t-il. Du gris et du rose de partout, des coussins à foison sur le lit à ne pas savoir quoi faire avec, des miroirs grands comme à Versailles, des lustres, des moulures, c'est bien un décor de pédé, ça dégueule la guimauve en veux-tu en voilà.

L'attente était longue, trop longue malgré les clics répétitifs du stylo pour se maintenir éveiller. Les paupières se refermaient sur les songes. Il piqua du nez par deux fois. Il remonta les manches de son tee-shirt tunisien rouge avec des bandes orange sur le devant avant de se gifler pour s'empêcher de dormir. Ce fut à ce moment précis qu'il entendit le bruit caractéristique d'une porte qu'on ouvre. Il bondit du fauteuil et fonça se planquer derrière le paravent dans la chambre à coucher, abandonnant ses tongs sur l'épais tapis en pure laine.

Il n'a pas peur de réveiller la compagnie, le proprio, murmura-t-il. Il a perdu ses clés ou quoi ? Un boucan pareil. Vraiment un abruti de première.

Dans un fracas assourdissant, la porte céda.

Complètement bourré le mec ? pensa-t-il.

Il supposa que quelqu'un se trouvait dans la salle à manger au bruit des meubles qu'on ouvrait sans ménagement et au cliquetis de l'argenterie remuée pour enfin sortir de sa cachette. Couteau à cran d'arrêt dans la main gauche, le stylo qu'il tenait toujours dans l'autre, il avança sur la pointe des pieds. L'appartement était toujours sombre. À peine eut-il passé le haut du corps dans la pièce qu'il sentit une douleur fulgurante lui transpercer le crâne. Il se cogna au meuble de la pendule qui se mit à sonner sous le choc, puis il leva les yeux vers l'individu cagoulé tenant un pied-de-biche. Avant de pouvoir réagir, un autre coup vint s'abattre sur sa tempe, et encore un troisième. Sous l'impact, il n'eut que le temps de s'asseoir sur une chaise et de poser son coude sur la table. Il avait les doigts crispés sur le manche en os de son arme de défense, non d'attaque dans le cas présent, et sur celui en plastique qu'il continuait de serrer inconsciemment. Le sang qui s'écoulait de la plaie macula la lame. Les soubresauts de la main tracèrent une ligne sur la nappe. Le tissu imbibé forma des lettres aux traits hachés ; il donnait à voir une phrase tronquée. Puis son cerveau se liquéfia. L'œdème cérébral entama la lente descente comateuse d'Adaric Wollenschlager.

C'est quoi cette embrouille ! s'insurgea-t-il. Je n'avais pas prévu un gêneur au programme. Cela fait des semaines que je surveille les lieux et les culs bénis du rez-de-chaussée, et il faut que ce soit juste aujourd'hui qu'un emmerdeur se pointe quand tout ce petit monde s'est absenté. Je rafle ce qu'il y a sur la liste des commanditaires et je décampe. Pas le temps de flâner pour ma pomme. J'attrape deux ou trois trucs en bonus pour bibi, entre autre son couteau, ça peut toujours servir, et je déguerpis avant qu'il ne se redresse. Il faut dire que je l'ai bien amoché. Putain de bordel de merde ! J'ai eu un réflexe néanderthalien ! Je deviens nerveux, je n'assure plus. Il est temps de tirer sa révérence en Afrique comme prévu. On se loge et on se nourrit pour trois fois rien là-bas. Je vide mon coffre à la banque cette semaine, je livre la marchandise, et je largue les amarres avec le camping-car, ce n'est pas plus compliqué. Incognito dans la brousse. Elle n'est pas belle la vie !

Vingt minutes plus tard, Jean Descombes marchait dans la rue d'un pas rapide, un sac de sport rempli à ras bord sur l'épaule.

7

5 heures. Via Francigena.

Les premières lueurs de l'aube annonçaient un temps idéal pour la marche en ce jour consacré à la Vierge Marie. Un ciel pur où les étoiles s'éteignaient une à une. Une rosée rafraîchissante perlait sur les tiges des fougères. La voie antique déroulait son tapis cailloureux à flanc de colline, serpentant au milieu des épicéas et des chênes, s'enfonçant dans le sous-bois qu'égayaient des chants d'oiseaux. Dans le lointain, le survol d'une buse à l'affût, surveillant une musaraigne, traçait ses ronds dans la brume matinale.

Carla avait plié la tente et roulé le sac de couchage. Elle rêvassait en attendant que l'eau bouillît dans la petite casserole posée sur le réchaud à gaz, humant les odeurs de mousse qu'exhalait le sol. Elle écoutait le réveil de la forêt.

Le café lyophilisé fondit au contact de l'eau chaude dans le quart en métal, mêlant son parfum à celui de la terre humide.

Carla souffla sur le breuvage tout en avalant sa barre céréalière énergétique. Elle économisait la nourriture. Elle avait minimisé les besoins alimentaires que réclamait son corps, les vivres commençaient à manquer sérieusement, triste constat qui allégeait de plus en plus son sac à dos pour une personne qui avait toujours faim et grignotait souvent entre les repas, ce n'était pas le top du top. Résultat de cet allégement : depuis hier matin, elle avançait vite, elle ne peinait guère dans les montées ; ses poignets s'appuyaient moins sur les dragonnes, signe d'une vitalité renaissante ou alors elle se fourvoyait complètement, l'enthousiasme à arriver chez sa tante lui donnait des ailes tel la carotte devant l'âne. Elle souhaitait franchir le seuil de la demeure avant le crépuscule et s'endormir sur un vrai lit à la place d'un tapis de sol. Elle devenait douillette. Elle vieillissait.

Quinze jours que Carla avait démarré ce périple pendant ses congés annuels. Son entourage lui avait déconseillé ce voyage en solitaire, la voie romaine étant beaucoup moins fréquentée que le chemin vers Saint Jacques de Compostelle. Elle avait tenu bon avec l'appui de la tante Maria. Âgée de vingt-six ans, elle n'avait pas à justifier ses motivations aussi diverses que loufoques du genre : photographier un aigle en train de voler avec son smartphone, fallait-il encore qu'elle en croise un et qu'elle arrive à immortaliser ce minuscule point noir dans le ciel, ou bien récupérer un plant d'Orchis Purpurea et dans ce cas la chance devrait être au rendez-vous afin de dénicher la plante qui terminait sa floraison en juin, mais, ayant un caractère optimiste, elle avait prévu le pot en plastique et la pelle de rempotage pour piocher.

Carla avala les miettes de son frugal petit-déjeuner avec le restant de café et entreprit ensuite de ranger ses affaires. Le soin qu'elle y apporta n'était plus aussi méticuleux que celui du départ.

Pêle-mêle, la danse des objets dans le sac à dos.

Elle souleva son barda et jeta un œil sur les lacets de ses vieilles chaussures de randonnée qui avaient fait leurs preuves ; quinze ans à bourlinguer avec et pas une seule fois elle n'avait dérapé, elle ne comptait pas que cela se produise aujourd'hui. Sachant qu'elle avait très souvent les idées en vadrouille et que le paysage renforçait cette aptitude à la distraction, la vérification s'était imposée d'elle-même. Pas question de se fouler une cheville, cela serait trop bête, et donnerait du grain à moudre à la famille.

En route pour une nouvelle aventure au lever du soleil en bermuda kaki et tee-shirt marcel vert bouteille, la tenue de camouflage par excellence du reporter photographe selon ses dires.

Il restait une dizaine de kilomètres à parcourir.

Trois heures de balade sous les arbres de hautes futaies avant de toucher au but.

Carla se divertissait en posant ses semelles dans les traces de roues des chars romains creusées dans les pavés, vestiges de la défaite gauloise qui surgissaient par endroits — on s'amuse comme on peut pour vaincre la monotonie. Distraite, elle n'avait pas vu la fumée qui s'élevait vers les nuées à cinq cents mètres environ en ligne droite devant elle. Lorsqu'elle l'aperçut, elle crut d'abord à du brouillard qui ne s'était pas dissipé, sauf qu'en se rapprochant, la densité lui sembla alourdie, grise, presque opaque.

La curiosité l'emporta sur la fatigue.

Carla s'octroya un détour. Elle dévala le vallon sur sa droite et découvrit à la hauteur de trois étages plus bas de là où elle marchait la carcasse calcinée d'un véhicule penché sur le côté droit. Elle s'empêcha d'aller plus loin et sortit son smartphone. Elle zooma en guise de jumelles.

— Ben, ça alors ! s'exclama-t-elle. On dirait qu'il y a une forme dedans, grillée comme une saucisse, et personne autour. La bagnole fume encore. C'est ce que j'ai pris tout à l'heure pour du brouillard. J'immortalise pour mes archives. Quand je vais raconter ça à la tante, elle ne va pas en revenir. Comment je procède maintenant ? Je remonte ou je finis sur la route que j'aperçois là-bas. Quel côté sera le plus facile pour grimper ?

Carla posa son sac à dos sur une souche et calcula la difficulté à franchir les épines en observant mieux le paysage sur sa gauche.

— J'arrête de gamberger. Je suis venue pour la nature et non pour le bitume. Je rattrape le sentier en douceur et je continue gentiment. De toute façon, quelle que soit la chose qui se trouve en bas, elle est cramée et bien cramée. Ce détour m'aura fait perdre une petite demi-heure sur mes estimations, ce n'est pas dramatique.

Carla repartit à fond la caisse avec la ferme intention de ne plus se laisser divertir par un quelconque motif. Son objectif était prioritaire. Elle se fit la promesse qu'aucune tergiversation perturberait désormais son mental. En revanche, cet interlude lui avait remémoré la promesse qu'elle avait complètement oubliée depuis quelques jours : assister à la bénédiction en compagnie de tante Maria, et participer à la fête du village ce soir. C'est drôle, se dit-elle. Depuis hier matin, je n'ai pensé qu'au matelas de la tante sur lequel je pioncerai.

Carla redoubla d'ardeur en chantonnant, le pas assuré, ragaillardie, pleine d'entrain à se sentir vivante.

8

9 heures. Rome.

Les cloches carillonnaient dans la ville, répondant à celles de la Basilique. Les notes courraient sur les fils électriques, bondissaient sur les antennes de télévision et les paraboles, glissaient sur les toits pour terminer leurs courses folles dans les tympans des touristes et des autochtones. Répondant à l'appel, mus par une piété irréprochable, les chrétiens affluaient vers l'épicentre papal. Longeant les vitrines aux rideaux tirés, un flot continu de passants débouchait des ruelles de Rome tel une pieuvre indomptable projetant ses tentacules à l'assaut de la place mondialement connue.

Et parmi tout ce joli monde trottinait le groupe des huit pour la visite des fresques de Michelangelo di Lodovico Buonarroti Simoni avant l'angélus de midi.

En accord avec le commandant en chef de la garde Suisse, les six religieuses et les deux guides suivaient docilement le garde désigné en tenue officielle, portant avec fierté le casque et la plume, le costume de couleur rouge, jaune et bleu, les gants blancs et la hallebarde. Il leur ouvrit la voie jusqu'à ce qu'elles stoppassent net devant l'énorme boule en bronze de

Arnaldo Pomodoro intitulée « La sphère dans la sphère » qui avait été installée par l'artiste dans la cour intérieure du musée du Vatican. D'instinct, elles formèrent une ronde autour de la réalisation afin de déchiffrer la signification de chaque centimètre carré de sa surface. Tour complet de la sculpture monumentale. Au passage, la mère supérieure rajusta sa guimpe en se mirant dedans. Chacune y alla de son commentaire quant à la compréhension de l'œuvre.

Dix minutes de contemplation.

Devant les mimiques traduisant l'impatience du garde, lequel commença à s'éloigner, elles lui emboîtèrent le pas.

Dans les galeries conduisant à la chapelle, elles admirèrent les sculptures en pied en marbre, certaines datant du premier siècle avant le Christ. Puis, elles pénétrèrent dans le Saint Graal.

Les fresques rivalisant de beauté entre elles décrivaient la création d'un monde empli de pureté. La douceur des corps nus à la musculature valorisée par un jeu d'ombre et de lumière contrastait avec la puissance des drapés. La représentation massive de Dieu le Père répondait à l'appel du premier homme par ce doigt, souffle de vie tendu vers Adam, index pointé du créateur allumant les sens de sa création. Oui, c'était bien la beauté avec un B majuscule qui était représentée là ; non seulement celle de la beauté humaine, mais aussi celle d'un cheval, d'un chien, d'un paysage, d'une plante, de toute chose belle en ce bas monde. Le peintre, par l'utilisation maîtrisée de ses pinceaux et de ses pigments, avait donné à voir l'apogée de son art à travers sa peinture.

Le cerbère rompit le charme en les sommant de quitter les lieux car il avait dérogé à l'ordre épiscopal devant les bouches ouvertes et les airs ébahis. Quatre-vingt-dix minutes à s'extasier au lieu des soixante prévues. Il convint, la main gantée sur la poignée, que c'était peu et beaucoup à la fois. Il ferma définitivement la porte derrière ces simples femmes ayant admiré le talent d'un génie.

Elles gagnèrent la place en se faufilant à travers les civils et les gens d'églises.

Les cloches sonnèrent l'angélus à midi pile.

Le souverain pontife apparut au balcon. Ce fut un pape à la démarche empesée et au faciès soucieux qui approcha le micro vers sa bouche. Il semblait contrarié. Les mots s'étouffaient dans sa gorge, refusant de sortir. Il s'exprima avec difficulté, les lèvres pincées.

La mère supérieure remarqua le trouble. La foule aussi.

Le pape abrégea la célébration en tronquant les phrases.

Une allocution bâclée.

Sœur Agnès chercha une réponse dans les yeux de la mère. Elle n'y vit que de la perplexité.

L'empathie s'empara des réseaux sociaux. On craignit pour la santé du Saint-Père.

Le pape, quant à lui, craignait le scandale qui ne tarderait pas à éclater.

9

Las.

Tel était l'état dans lequel il se trouvait depuis l'appel téléphonique reçu au cours de la matinée. Lui qui se réjouissait d'être en communion avec les fidèles, il n'avait pas été à la hauteur de leurs espérances. Il avait pu lire le désappointement sur les visages de ces hommes, de ces femmes, de ces jeunes, de ces vieillards, de tous ceux venus des quatre coins de la planète pour célébrer ensemble la Mère d'entre les mères.

Incrédulité.

Nul n'avait ignoré son mal-être. D'ailleurs, le vieux cardinal Angelo Dominicci chargé des relations publiques, un homme âgé de soixante-dix ans officiant à ce poste depuis des lustres avec empressement et abnégation, réclamait un démenti écrit par le chef de l'Église en personne à la vue des informations qui circulaient déjà sur le Web. En moins d'une heure, les élucubrations avaient envahi la toile, relayées par des conjectures infondées. Certains internautes allaient jusqu'à médire sur la capacité mentale du souverain pontife à remplir correctement sa fonction.

Non.

Le pape n'était pas souffrant.

Sa Sainteté, tassé dans son fauteuil, observait derrière la fenêtre de son bureau la foule qui se disloquait avec lenteur. Des pensées morbides avaient pris possession de son esprit ; et son cœur, alourdi par le chagrin, s'était fermé comme une huître. Il était indifférent aux objets qu'il chérissait d'habitude : le portrait de sa famille, le dessin de sa nièce âgée de quatre ans le représentant avec un rond pour la tête, un long gribouillis pour le corps et quatre traits pour les bras et les jambes, la mappemonde posée sur la console qui tournait sur elle-même en lévitation. Toutes ces choses d'une valeur inestimable à ses yeux n'arrivaient pas à le réconforter. Son âme troublée ne s'apaisait pas. Il paraissait avoir vieilli de dix ans en quelques minutes. Les rides sur son front s'étaient creusées un peu plus avec l'émotion. Le regard atone et la posture amorphe lui donnaient l'allure d'un octogénaire, lui, un homme d'à peine soixante-cinq ans. Soumis à la fatalité, il avait encore en mémoire les paroles prononcées par le policier.

« Une jeune femme avait confié à sa tante sa sinistre découverte ; cette dernière avait aussitôt alerté les autorités locales ; avaient suivi la reconnaissance du terrain, l'approche vers la carcasse encore fumante et l'interrogation au centre d'enregistrement des plaques minéralogiques. Le service responsable des immatriculations avait attribué le véhicule carbonisé au cardinal Domenico Giordano ».

Il restait à savoir si les prélèvements effectués confirmeraient l'identité du cadavre comme étant celle du propriétaire de la voiture accidentée. Dans l'affirmative, ce serait la curée et, en ce moment, l'église malmenée par les procès en terres étrangères se devait d'éviter les journalistes friands de désordres pour vendre leurs torchons.

L'envie de décrocher le téléphone était tenace. Elle rongeait ses pensées.

Il tendit le bras vers le combiné, puis lutta plusieurs minutes contre la tentation à rappeler le policier et à connaître enfin la réponse. Il y renonça.

Dès que le mystère sera élucidé, j'aviserai, se dit-il.

La main retomba mollement sur le genou.

10

Proche de Rome.

Ils étaient tous là, mobilisés en début d'après-midi un jour férié. L'équipe au grand complet se résumait à trois policiers du groupe d'intervention de sexe masculin rattachés à la brigade anticriminalité venus de la capitale ; trois à être debout, les bras croisés sur la poitrine, inutiles, à observer comment le serrurier à la face couperosée, bedonnant, proche de la retraite, et l'électricien, du même acabit — deux potes en salopette bleue à boire le calva dans le noir du matin —, appelés en renfort à cause de l'échec de la force publique, allaient résoudre l'équation : neutraliser le système de défense hypersophistiqué de la baraque. Entre l'alarme à neutraliser et le portail à déverrouiller, les deux artisans ne chômaient pas. Ils se passaient les outils, à qui la clé anglaise, à qui le tournevis, en vociférant.

— On ne va jamais y arriver de cette façon ! Il faudrait escalader et passer de l'autre côté. Au moins, on accéderait au boîtier électronique des bras articulés et on pourrait déclencher l'ouverture manuellement. Il sera toujours temps de couper la sirène après. Elle va commencer à gueuler, ça, c'est sûr, dès que j'aurais mis un pied dans le jardin. Il doit y avoir des capteurs à infrarouge disséminés un peu partout. Et elle continuera jusqu'à ce que j'arrive au boîtier à l'intérieur. Bon, comment on fait ?

— Je n'ai pas emporté d'échelle, et toi ?

— Moi non plus, je ne suis venu qu'avec le strict minimum. J'ai laissé le matos sur un chantier. J'ai juste un escabeau à trois marches.

— Et un tabouret en plus ? Cela t'ira ?

— On peut essayer si tu me le tiens. Je le poserai en équilibre dessus.

— Tu parles de bras cassés. Ils sont sur le podium, nos professionnels du village, critiqua Marco, le chef d'équipe, un homme de quarante ans aux cheveux noirs, au regard de braise et à l'allure sportive.

— Pas faux, rétorqua Tony sur un ton sarcastique, un cinquantenaire rouquin d'origine irlandaise de taille moyenne.

— Attention, ils reviennent. J'imagine le pire. Un tabouret trois pieds sur une surface plane de trente centimètres de profondeur et cinquante de large, limite casse-gueule.

— Tiens le bien ! cria l'électricien. J'enjambe !

Les trois autres au spectacle riaient sous cape.

— Putain ! Que c'est haut ! cria-t-il à califourchon sur le vantail gauche. Attention ! Je saute ! Il ne risquait pas d'être cambriolé avec les deux mètres d'enceinte. Envoie-moi la sacoche maintenant !

Un choc sourd se produisit de l'autre côté. Le détecteur de mouvement du jardin enregistra l'intrusion.

Sirène en action.

— Si on n'ameute pas le quartier avec ce boucan, c'est qu'ils sont tous sourdingues dans le coin, constata Marco. Alors, ça vient ?

— Deux minutes. Il faut le temps qu'il faut. Tous les chemins mènent peut-être à Rome, mais sûrement pas ces fils électriques qui ne sont pas marqués comme ils auraient dû l'être, et je n'ai pas envie d'arracher le matos. Après, c'est moi qui répare les dégâts occasionnés.

Dix minutes de sirène assourdissante après.

— À toi de jouer sur la serrure. De mon côté, c'est bon.

— OK. J'y vais.

— Ben voyons, allons-y gaiement, murmura Marco à l'intention des deux autres.

Contournant la difficulté, le serrurier employait les grands moyens. La perceuse à percussion dans les deux mains, il enfonçait le foret à centrer dans les entrailles de la bête, et manœuvrait en un mouvement de va-et-vient continu. À ce rythme, le dispositif de fermeture céda en moins de cinq minutes.

— Maintenant, il n'y a plus qu'à pousser ! annonça-t-il triomphant en se tournant vers les trois policiers. Il ne comptait pas le faire tout seul.

La sirène gueulait toujours.

D'une chiquenaude, les vantaux pivotèrent sur leurs gonds huilés.

— Pas de quoi fouetter un chat ! s'exclama Marco pendant que le serrurier fonçait vers la porte d'entrée rejoindre son collègue.

— Jolie piaule, siffla Rodriguez, un bel homme de trente-deux ans, 1 m 85, élancé, à la chevelure châtain clair.

— Change de métier, rétorqua Tony.

— Il aime trop les femmes, répondit Marco. Ah, tiens, notre homme réfléchit. Un problème ?

— C'est une porte blindée trois points. Pas facile. Le bâti est protégé par un habillage d'acier. Je vais devoir utiliser un levier, du travail à l'ancienne.

— J'imagine, souffla Marco. Et pour l'alarme ?

— À l'intérieur. Au pire, je couperai le jus.

— Que se passe-t-il donc ici ? questionna une voix nasillarde dans leur dos.

Une petite vieille voûtée, habillée de gris des pieds à la tête avec ses sandales, sa blouse campagnarde et son foulard dissimulant mal une chevelure poivre et sel scrutait leurs gestes.

Ils ne l'avaient pas entendue arriver avec leurs tympans saturés par la sirène de l'alarme.

La grand-mère avait le gros orteil gauche violacé. Il était tellement déformé par l'arthrose qu'elle avait dû couper la lanière de sa chaussure pour pouvoir la mettre. De près, on remarquait qu'un liquide verdâtre suintait de l'ongle incarné. Elle ne semblait pas ressentir la douleur.

Shootée aux médocs ? se demandèrent les policiers en s'envoyant des clins d'œil.

Rodriguez en eut un haut-le-cœur en songeant qu'à son âge il pourrait être comme elle, un vieux pourrissant sur place. L'idée s'accrochait à ses neurones comme une puce sur le dos d'un chien. Il en aurait vomi sur ses pompes.

— Je suis la voisine d'en haut. Tu parles d'un raffut. J'ai vu la voiture de police en venant. Quel gâchis ! C'est vous qui avez fait ça ? Il est arrivé un malheur ?

Ignorant les questions, Marco s'adressa à la fouineuse sur un ton péremptoire.

— Sauriez-vous si une personne du voisinage détiendrait les clés ?

— Elle est devant vous.

Elle se redressa, fière de son importance.

— Allez la chercher, s'il vous plaît.

— Pourquoi ?

— Pour pénétrer à l'intérieur, pardi.

— Il ne répond pas ?

La vieille était inquiète. Elle triturait le tissu de sa poche avec ses doigts noueux.

— Exactement, d'où l'importance des clés.

— J'y vais, alors…

L'ancêtre ne bougeait pas d'un pouce.

Dans son cerveau, certaines lumières sont éteintes, elle ne connecte pas, pensa Marco, ou bien elle nous roule dans la farine en jouant les idiotes et part à la pêche aux infos qu'elle racontera à l'heure du goûter cette après-midi entre la citronnade et les gâteaux secs. Sujet de prédilection : les ragots du quartier. Une aubaine pour l'ancêtre.

— Je vous accompagne, suggéra Rodriguez en la tirant par le bras — il était curieux de voir comment elle allait réussir à avancer sans chanceler avec sa difformité —, ce qui enclencha chez la voisine une rotation de son corps, direction le retour au bercail.

Ils amorcèrent la montée côte à côte. Il sentit son souffle ahanant sur son bras. Elle peinait.

— Doucement, mon brave, je n'ai plus vingt ans.

— Votre voisin, vous le connaissez depuis longtemps ?

— Depuis douze ans. Un saint homme.

Rodriguez n'avait pas écouté. Il regardait autour de lui ces luxueuses villas de nouveaux riches.

— Vous dites ?

— Vous êtes dur de la feuille ou quoi ? Un saint homme, que je vous dis, ce cardinal, toujours prêt à rendre service, à me conduire pour les courses à la supérette. C'est vrai que c'est moi qui cuisine lorsqu'il mange ici, alors j'ajoute ma liste à la sienne, j'en profite, d'une pierre deux coups comme on dit chez nous.

Rodriguez opina.

— Et depuis hier, vous l'avez vu ?

— Tiens, maintenant que vous me le demandez, je ne crois pas l'avoir croisé. Il a dû rentrer tard, ou alors il est resté à la cité pour la procession. Avant, j'y allais, je prenais le car et il me raccompagnait. Aujourd'hui, je n'ai plus la force de me déplacer. Je la regarde sur le poste. D'accord, ce n'est pas pareil, vous me direz.

— Oui. Peut-être.

— Pour en revenir à votre question, c'est vrai qu'il ne m'a pas proposé de descendre à la Basilique Saint Pierre cette année, pourtant il le fait à chaque fois, même s'il sait d'avance que je lui dirai non. Il n'a pas dû y songer. Ah, nous voici chez moi. Je suis située sur les hauteurs du lotissement. Avant, on cultivait ici, la terre est riche ; aujourd'hui, on cultive le béton des riches.

Ils avaient pris un sentier sur une dizaine de mètres avant de pousser le portillon.

Aux antipodes des autres habitations. Le « Chez moi » s'apparentait plus à une bicoque du début du siècle avec une espèce de véranda faisant office d'avancée. On ne pouvait pas qualifier cet assemblage bancal de tôles transparentes clouées sur des poutres en bois d'agrandissement proprement dit où s'amoncelaient des bocaux en verre sur une étagère, des outils de jardinier pendus à des clous fixés dans une de ces fameuses poutres, un arrosoir et des sabots en caoutchouc sur une natte en bambou tressée qui portait à réflexion. Allez donc analyser la lubie qu'elle avait eu sur le marché d'acheter cette natte. Sur le moment, elle l'avait trouvée jolie et cette impression avait entraîné l'achat compulsif. Lorsqu'elle était rentrée chez elle, il avait fallu y trouver un usage utile, alors, pourquoi pas les sabots et l'arrosoir lorsqu'on ne sait plus quoi faire de l'objet en question. Une lessiveuse était posée sur un trépied à gaz branché à sa bouteille de Butane qui attendait la récolte de l'été en vue des stérilisations. En bref, tout le nécessaire dédié à la conserve et au potager.

— D'habitude, je ferme à clé, justifia la propriétaire. Entrez, entrez, suivez-moi, grand dadais.

Rodriguez n'osait pas avancer de peur d'écraser les plantations du potager qui envahissaient le jardinet.

Les courges, les concombres et les cornichons étaient partis à l'assaut des pieds de tomates trouvant là de parfaits tuteurs. Les stolons des fraisiers s'enracinaient entre les pierres qui avaient dû autrefois formaient une allée. Les haricots verts desséchaient sur place.

— C'est pour la semence, expliqua-t-elle.

Rodriguez était cloué au sol devant le portillon.

Le voyant toujours immobile, la vieille haussa les épaules, ouvrit en grand sa porte d'entrée et pénétra chez elle.

De là où il se tenait, le policier aperçut une vaste pièce comprenant un lit deux personnes dans le fond, et une armoire qu'elle ouvrit. En considérant qu'il n'y avait que deux fenêtres de chaque côté de la porte, il en conclut, vu la profondeur, que le logement ne comportait certainement que deux pièces : une pour dormir, et une pour cuisiner et manger. Les cabinets d'aisance devaient se situer dans le jardin derrière la demeure, et la toilette devait être pratiquée dans un baquet en zinc, à l'ancienne. Elle souleva une pile de linges et agita dans sa direction le trousseau de clés.

Évidemment ! songea Rodriguez. La cachette idéale des vieux où les voleurs se précipiteront en première intention.

— Je ne vous fais pas entrer, annonça-t-elle en revenant. Je suppose que vous n'avez pas le temps avec ce qui vous attend en bas.

Elle ferma la maison avec une grosse clé en acier longue de quinze centimètres. Elle lui tendit le trousseau du cardinal Giordano.

Ils firent le chemin en sens inverse plus rapidement qu'à la montée.

Sacré grand-mère ! Elle veut connaître la fin de l'histoire, pensa Rodriguez. Elle allonge le pas comme le cheval qui rentre à l'écurie.

Marco introduisit la clé de sécurité dans la serrure et l'électricien se précipita pour neutraliser la « hurlante ». Vingt minutes à batailler avant que la vieille ne lui indiquât le numéro de téléphone inscrit sur le répertoire qui était rangé dans la commode de style Louis XV se trouvant dans l'entrée.

— C'est mon pense-bête quand j'oublie le code. Une idée du cardinal. Personne ira le chercher là. La mémoire fout le camp, mon gars, dit-elle sur un ton d'excuse qui sonnait faux.

Et le silence brutal enveloppa l'atmosphère. Par où commencer la fouille car une chose était certaine, personne ne s'était manifestée depuis leurs agissements. La vieille les renseigna. Ils se partagèrent les pièces. Le beau Rodriguez obtint la faveur de fouiller l'entrée, la cuisine et la salle à manger. Tony, le macho, eut droit au bureau et au salon. Le chef Marco se garda les deux chambres et la salle d'eau.

— Une si grande baraque et seulement deux chambres, persifla Tony en jetant un coup d'œil dans la salle à manger. Il a misé sur les réceptions. Je l'évalue à cinquante mètres carrés au moins. C'est autant que mon appartement.

— Il y en a qui préfère la bouffe à la baise, commenta Marco en les quittant.

La cuisine, elle connaissait par cœur, les placards n'avaient plus de secret pour elle, les tiroirs non plus. La salle à manger, elle y avait déjà soupé avec le cardinal, aucun intérêt. Le salon, idem. Le bureau, elle y empruntait des livres, un intérêt moyen. En revanche, la chambre de Monsieur et la salle de bains lui étaient étrangères. Totalement inconnues ! Elle n'y avait jamais mis un pouce ! Elle n'allait pas rater l'occasion ! Elle colla aux basques du chef.

Marco visualisa l'ensemble. Ladite chambre à coucher était entièrement meublée en chêne massif : le lit double, le chevet, la commode, les deux armoires, la psyché, y compris le prie-Dieu et la croix sur le mur au-dessus de la porte. Des tentures en cretonne, vert d'eau, pendaient de chaque côté de la fenêtre sans voilage. Sur un des murs avait été positionnée une série de paysages montagneux d'environ trente centimètres de large sur vingt de hauteur peints à la tempera sur plusieurs panneaux en bois.

Marco s'attaqua à la commode. Tiroir numéro un : des slips et des caleçons, pourquoi pas ? ; des ceintures dont certaines équivalaient à un trimestre de salaires, ne pas les montrer à Tony ; des chaussettes noires ou grises, classiques de la fonction. Tiroir numéro deux : des maillots de corps de couleurs sombres. Tiroir numéro trois : des pyjamas bariolés avec des imprimés dans un style hawaïen ; tiens, on s'accorde de la fantaisie ?

Ensuite, Marco fit l'inventaire de l'armoire de gauche. Aucune surprise dans la penderie. Elle contenait ce à quoi on pouvait s'attendre : des calottes et des gants sur l'étagère du haut, des soutanes, des capes et des dalmatiques sur des cintres. Il referma les portes et passa à celle de droite.

Marco sortit un pantalon en cuir taille basse qu'il étala sur le lit, puis un autre d'une coupe différente, et encore un autre ; au quatrième il s'arrêta. Les pulls en cachemire s'alignèrent à côté, suivis de près par les chemises satinées.

Marco tiqua. Cet étalage de vêtements lui rappelait trop la tenue vestimentaire des noctambules branchés. Les objets qu'il trouva dans la salle de bains confirmèrent ses soupçons.

— Tony, Rodriguez, venez voir ! Ça vaut le coup !

La vieille tendit elle aussi son cou. Le policier n'avait pas remarqué qu'elle l'avait suivi. Malheureusement, elle n'y voyait pas grand-chose à rester sur le pas de la porte. Elle se hasarda à pénétrer plus en avant.

— Oh ! C'est y pas Dieu possible !

— Sortez ! cria Marco.

Trop tard, la vieille avait vu le maquillage féminin qu'il exhibait à ses collègues.

— La vache ! Rien que de la marque ! Ce n'est pas avec ce que je gagne que je peux offrir de tels produits à ma moitié, se plaignit Rodriguez.

— Tu aurais dû épouser la robe, ricana Tony.

— Parle pour toi, le célibataire, rétorqua Marco.

— Check, l'ami, dit-il en tendant son poing.

— Je viens de recevoir un message du légiste, annonça Marco. C'est notre homme. Tu ramènes quoi, Tony ?

— Que du porno gay déniché dans le secrétaire du bureau.

— Manque la quincaillerie, nota Rodriguez. Négatif chez moi.

— Elle est où la vieille ?

— Elle est partie.

— Bon débarras. Elle en sait déjà trop. On continue à fouiller maintenant que nous sommes fixés sur notre démarche.

11

Après l'appel de 13 heures 32, dans la cité Vaticane, les mots s'étaient tus. Ils avaient la pesanteur des paroles dites.

Le silence de Sa Sainteté au téléphone avait été éloquent, digérant avec amertume la preuve communiquée par le médecin légiste suite aux résultats des premières analyses sanguines ayant dissipé le doute. Marco l'avait ressenti. Le froid de la mort avait envahi le bureau papal ; son spectre devait ramper maintenant sur le dallage, marquant son territoire d'une traînée venimeuse et la calomnie suivrait ; elle suit toujours le serpent crachant les flammes de l'enfer, fidèle compagnon qui brûlerait tout sur son passage, réduisant en cendres le peu de foi qui persistait en l'église catholique.

Voilà ce qu'avait révélé au policier ce langage muet, complété par une absence de reliques criante de vérité depuis la perquisition chez Giordano. C'était à lui, le chef d'équipe, d'en comprendre les raisons avant le coucher du soleil et pour les besoins de l'enquête, il avait sollicité Tony avant de quitter le commissariat vers 17 heures sachant que Rodriguez aurait refusé sa demande en invoquant les nombreuses soirées en solitaire que subissait sa femme à cause de son métier, laquelle ne tarderait pas à quitter le domicile conjugal si cela perdurait. Il le savait. Vivre avec un flic équivalait à dormir dans un lit une place. De cela, il compatissait. Il avait subi un dénouement similaire avec une liaison ponctuée d'engueulades qui n'avait pas dépassé les dix mois. D'où la sollicitation. D'où la présence de Tony le révolté, le célibataire aussi impétueux que lui, à ses côtés pour une mission olé olé.

Le jeudi soir, de nombreux romains s'adonnaient aux plaisirs dionysiaques. Quatrième jour de la semaine avant le week-end que ceux-ci passeraient en famille, tradition ancestrale dans une région où la morale était sur toutes les lèvres et dans tous les esprits. De leurs côtés, Marco et Tony ne comptaient pas déroger à la tradition du lâcher prise. L'enquête réclamait leur présence au sein de leurs compatriotes à l'élégance particulière ; ils seraient des leurs.

Lorsqu'ils avaient franchi vers 21 heures le seuil du bar exhibant un décor exotique avec sa suspension en tressage de fibres naturelles, ses fauteuils en lanières de cuir et sa table en teck teintée chocolat, l'ensemble assorti au comptoir, ses tableaux de paysage africain sur les murs et ses cactus dans les pots en terre cuite, les deux policiers avaient eu l'intention de se fondre dans la masse des fêtards. Les têtes s'étaient tournées aussitôt vers eux. Malgré leurs jeans noirs et leurs débardeurs pailletés, ils dénotaient au milieu de cette faune à la sexualité débridée et à la majorité féminine. Deux conformistes s'installant au comptoir sous les quolibets des consommatrices lesbiennes. L'une d'entre elles, habillée d'une simple robe rouge en résilles, les seins nus, portant un string ficelle de la même couleur en guise de cache-sexe, se leva et se déhancha dans leur direction. Elle frôla le bras de Tony en commandant au serveur un Gin Tonic.

Œillade appuyée de la dame.

Du rentre-dedans dans les règles de l'art, la belle connaissait les usages.

La provocatrice lui tira une langue enjolivée par un piercing en regagnant sa place. À son retour, sa compagne l'embrassa goulûment en lui tripotant les tétons ; le remerciement de son exploit.

— Rigole, dit Tony en fusillant du regard son coéquipier.

— Le risque du métier, mon pote. À ton âge, tu ne devrais pas te plaindre, tu plais encore.

— Fous-toi de ma gueule, Marco ! Tu le sais, ce qu'ils te disent, mes cinquante balais !

— Ouais ! Le rouquin ! Je le sais. Des hommes, il en vient chez vous ? demanda Marco au serveur à brûle-pourpoint.

— Tu te trompes d'endroit, mon gars. Regarde autour de toi, tu vois beaucoup de gays, ici ?

— Une clientèle de filles ?

— Surtout.

— Et lui, tu l'as vu ? questionna Tony en montrant une photo sur son portable. C'est un mec que je cherche.

— Peut-être une fois ou deux, il traîne au Néron, le club privé.

— Comment tu le sais ?

— Entre serveurs, on cause après le boulot. On se tient au courant. À chacun son métier.

— Un conseil, tiens ta langue sur ce coup-là.

— À vos ordres, mes poulets.

— Je t'avais dit qu'on serait repéré. On n'a pas le look. Il fallait porter du clinquant, affirma Marco en sortant de l'établissement.

— Et puis quoi encore, j'ai ma fierté ! C'est déjà beau que je m'y colle. Terminons au plus vite. J'ai horreur de ce genre de mission.

Rocade est.

Trente minutes de circulation. Parking. Et ils purent descendre l'escalier zingué du Néron.

Ambiance feutrée.

Couples gays.

— Nous y sommes, Tony.

L'interrogatoire avec le barman confirma ce que les deux policiers supposaient. Oui, il l'avait reconnu, le cardinal Giordano fréquentait l'établissement depuis de longs mois. Il se faisait appeler Marcus, mais personne était dupe. On souriait dans son dos. Oui, il partait vers deux heures en général, rarement plus tard, après avoir bu deux ou trois verres, parfois avec un homme, parfois seul. Non, il n'avait pas à sa connaissance une liaison attitrée ici, ailleurs peut-être. Oui, il était venu avant-hier et il était parti avec un homme, mais il ne l'avait pas vu hier soir, ni ce soir depuis qu'il avait commencé son service. Non, l'homme était un individu discret. Il se liait peu avec les autres. Ce n'était pas ce qu'il appellerait un habitué quand on se pointe une dizaine de fois en un mois. Je le qualifierais plutôt de débutant, il n'était pas à l'aise. Non, il ne connaissait pas le nom de famille de cet individu. Ce n'était pas le genre de la maison à réclamer le pedigree des clients, argumenta-t-il avant d'aller servir une table.

— Tirons-nous, j'en ai ma claque de ces pédés qui me reluque le cul.

— Un slim, à qui la faute ?

— Ferme la, Marco ! Tu me les brises avec tes réflexions à la con ! J'ai mis ce que j'avais de propre.

— Allez, tu as raison, mon vieux, on se casse. On en apprendra plus avec le rapport du légiste qu'à écouter ces conversations débiles qui aboutissent à : « que dalle ».

Vendredi 16 août

J +1

12

10 heures.

Sous les cumulonimbus grignotant le ciel azuréen, signe annonciateur de l'orage qui ne tarderait pas à éclater, Vanessa, Ingrid et les six religieuses descendirent du Combi garé sur le parking de la via del Campidoglio. L'emplacement avait l'avantage d'offrir une vue d'ensemble sur le Forum Romain qui abritait en son sein le centre politique, religieux et commerçant de la Rome antique.

Harcelées par sœur Agnès, les deux guides mitraillèrent les monuments en vision panoramique avec leurs appareils photographiques de marque différente, un Canon et un Nikon pour un rendu impeccable.

Immortalisation de l'instant magique.

En empruntant la voie sacrée, le groupe se dirigea vers le sénat, foulant cette terre à l'image de ces milliers de pieds avant lui.

Tout en admirant les bas-reliefs du sculpteur Trajan connu pour sa célèbre colonne, les sœurs évoquèrent les intrigues qui se nouaient et se déjouaient au temps des empereurs sous couvert des oracles. Puis, elles mirent le cap sur la basilique de

Maxence. Comment croire que cet édifice où régnait la loi dans une relative impartialité, où les condamnations pleuvaient plus souvent que les grâces, servirait de modèle à des lieux de prière après la mort du Christ, l'autel remplaçant le tribunal dans l'abside semi-circulaire ? Il y avait de quoi méditer sur la justice des hommes et la justice divine, ce qu'elles firent en continuant leur visite jusqu'au Colisée.

L'amphithéâtre, siège des combats des gladiateurs qu'encourageaient les quatre-vingt mille spectateurs tassés sur les gradins, révélait les stigmates de la terreur à celui ou celle qui prenait le temps d'écouter le passé. En focalisant sa pensée sur son architecture, on percevait les cris gravés dans la pierre des martyrs chrétiens livrés aux bêtes. La mère supérieure, réceptive aux ondes maléfiques, frissonna, et l'orage éclata en réponse à son humeur morose.

En dépit de la légèreté des conversations qui avait alimenté le repas racontant l'envolée des nonnes sous une pluie torrentielle pour s'abriter dans le premier édifice à leur portée — ironie du hasard elles avaient échoué à la maison des Vestales, de jeunes vierges entretenant le feu sacré —, la mère frissonnait toujours lorsque le Combi franchit les hautes grilles de fer forgé noir pour leur audience papale au Castel Gandolfo, le pape ayant éprouvé le besoin de se retirer dans son palais d'été après les récentes nouvelles, s'éloignant ainsi de l'agitation du Vatican.

Dès leur arrivée, le cardinal Angelo Dominicci, en robe noire à boutons rouges et ceinture de pourpre impériale autour du ventre, les guida jusqu'à la terrasse où les attendait le Saint-Père. Celui-ci était en train de boire un rafraîchissement à l'ombre d'un pin parasol, assis sur une des quatre chaises en lattes d'acier vert bouteille qui faisait partie d'un salon de jardin acheté sur internet en soldes. Il avait le regard rivé vers l'horizon, et son avant-bras gauche reposait sur le bord de la table ronde. Le bas de sa soutane blanche s'imbibait aux flaques d'eau qui s'évaporait lentement avec le retour du soleil. Il posa son verre sur le guéridon à leur approche et se leva. Soucieux, il négligea de tendre l'anneau, bousculant par cet oubli involontaire les convenances, à la surprise du vieil homme d'église, fidèle serviteur, et de ces dames.

— Angelo, servez donc de guide à nos invités pendant que je m'entretiens avec mon amie.

Le groupe s'en alla arpenter les plates-bandes d'un jardin aux bosquets géométriques agrémentés de cyprès élancés. Les voix enthousiastes perçues par les deux isolés diminuèrent en s'approchant des remparts, subjuguées par la splendeur de la mer Méditerranée à la fois bleu et gris avec les reflets des nuages encore présents déchirant le ciel.

— L'heure est grave. Demain, au mieux dans deux ou trois jours, paraîtront dans les journaux les circonstances de la mort du cardinal Giordano brûlé vif dans sa voiture, dévoué à une cause perdue d'avance.

— De quelle nature, la cause ?

— Du berger égaré parmi des brebis égarées.

— Mais encore ?

— Il cherchait à comprendre le mystère de l'attirance qu'éprouvent les personnes de même sexe. La police a investi sa demeure hier et je crains l'amalgame entre les découvertes, sa personnalité et sa quête. Si confusion il y avait...

La révélation de ce secret si bien gardé sidéra la mère.

— Était-il ?

— Non, enfin, j'ose l'espérer, soupira-t-il. L'enquête policière s'oriente vers un suicide, mais le problème reste entier. Le suicide est proscrit par nos commandements. La vie appartient à Dieu, elle ne nous appartient pas. La conduite d'un cardinal membre de la curie se doit d'être exemplaire.

— À moins que la souffrance amenée par l'épreuve en diminue la responsabilité du suicidaire.

— Dans ce cas, il est de notre devoir de tout mettre en œuvre pour en apporter la preuve afin d'apaiser les commentaires liés à cet égarement ? Je ne peux demander à mon entourage d'agir en ce sens. Cela susciterait trop de querelles et de questions auxquelles je n'aurais pas de réponse dans l'immédiat.

— Un étranger serait-il approprié ?

— Une personne de confiance ?

— J'en réponds.

— Alors, que Dieu nous aide.

— Celui à qui je pense le fera.

13

Sitôt rentrée à la congrégation, sœur Agnès avait été sollicitée par la mère supérieure à venir la rejoindre dans sa chambre après complies. Cette dernière était en proie à de vives inquiétudes concernant la demande. Déjà qu'elle avait dû contourner par un subtil stratagème l'interrogatoire de sœur Marthe en invoquant la nécessité de prier seule dans la chapelle avant le départ du lendemain, excuse peu crédible, que lui voulait-elle de si urgent ? Elle toqua à sa porte. Celle-ci s'ouvrit en un éclair. D'un geste prompt, la mère supérieure tira sœur Agnès vers l'intérieur, manquant lui faire perdre l'équilibre, et verrouilla derrière elle.

— Pour ne pas être dérangées.

Une précaution que la religieuse jugea excessive, mais à la nervosité dégagée par la gardienne du couvent, elle pardonna le comportement. D'ailleurs, la guimpe de travers laissait s'échapper des mèches folles, un aspect négligé qu'elle ne tolérait pas à ses filles et encore moins à elle-même.

La mère tordit l'extrémité de ses doigts ne sachant par où commencer. Elle alla du lit à l'armoire et de l'armoire au lit sans prononcer un seul mot, tête basse, extériorisant une agitation extrême. Elle résuma la situation d'une voix grave, peu audible, en embellissant le sujet d'une pureté chrétienne. Ce fut à peine si sœur Agnès l'entendit.

— N'était-ce pas présomptueux de vouloir changer la condition humaine ? demanda-t-elle, septique quant à la certitude de l'aide réclamée.

— Comprendre la tentation de l'obscurité est une noble cause, sœur Agnès. Vouloir sonder le côté sombre de l'âme en se mêlant aux pêcheurs si je puis les nommer ainsi, car, qui sommes-nous pour statuer sur la conduite de chacun d'entre nous ? Victor Hugo disait : « Ceux qui vivent, ce sont ceux qui luttent ». Les nourritures terrestres sont multiples. Il nous appartient de séparer le bon grain de l'ivraie, sinon, qui le fera ?

Explications non explicites.

La mère s'embourbait dans ses paroles absconses. Sœur Agnès haussa un sourcil. Elle captait mal les propos.

— Et vous pensez que mon frère démêlera l'écheveau ?

— Notre Saint-Père le pense, c'est pourquoi il demande à le voir. Ce serait un motif de déplacement afin qu'il soit parmi nous. Vous pourriez rester avec lui quelques jours de plus à la congrégation et lui servir de guide.

L'argument brisa la réticence.

Comment va réagir sœur Marthe lorsqu'elle s'apercevra que je ne prépare pas mes bagages ? s'inquiéta-t-elle. Et le reste du groupe ?

La mère interrompit les craintes qu'elle lisait dans le cœur de sa fille avant que cette dernière ne changeât d'avis en sortant un objet de sa poche.

— Appelez-le avec le téléphone portable du couvent.

Samedi 17 août

J +2

14

Laines aux bois, en France.

« Gilbert, j'ai une sollicitation à te communiquer ».

La phrase de sœur Agnès résonnait encore dans le cerveau du détective Gilbert Grand en buvant son expresso dans sa cuisine. Il avait mal dormi. Il s'était réveillé plusieurs fois au cours de la nuit, hanté par les paroles de sa sœur aînée Anne-Marie, — pour lui, sœur Agnès resterait éternellement Anne-Marie, la sœur auprès de laquelle il venait chercher réconfort et consolation les jours d'anxiété, la sœur qui avait suivi le chemin tracé par son empathie envers les autres en prononçant ses vœux —, et il avait fini par se lever au chant du coq de son voisin. Inhabituel en période de vacances.

Gilbert Grand était de mauvaise humeur. Il maudissait la terre entière et plus encore son ego qui l'avait poussé à accepter si vite sans évaluer réellement les conséquences de ce voyage refusé à l'origine : les dossiers en cours à planifier de nouveau lorsqu'il rentrerait, les explications à fournir à la clientèle en décalant les rendez-vous si cela était nécessaire, les valises à boucler, la feuille de route à imprimer en tranchant sur le choix cornélien du trajet : à savoir, opter pour le plus rapide ou pour le plus économique et, surtout, le plus important à ses yeux, l'arrosage automatique de la serre dont il avait repoussé chaque année l'installation qu'il lui fallait résoudre à présent en un temps record. Le proverbe « Ne pas remettre au lendemain ce qu'on peut faire le jour même » prenait toute sa dimension en s'appliquant à la situation désespérée dans laquelle il s'empêtrait au milieu de ces obligations qu'il avait imposées à son emploi du temps.

— Mon ego a été flatté, dit-il en coupant le gaz sous la cafetière. Je maudis ce oui prononcé si vite alors que j'ignore toujours la raison exacte de la demande. Y aura-t-il des imprévus à ces « quelques jours seulement » annoncés par la frangine qui vont grignoter ma quinzaine de congés ? Il ne faudrait pas qu'ils empiètent trop sur mon planning. Le seul point positif à ce déplacement, car il est impératif que j'en aie un si je ne veux pas penser à ce qui m'attendra au retour, sera d'obtenir la réponse à cette question qui me tourmente depuis des lustres : pourquoi est-ce que je prends plaisir à travailler sur le malheur d'autrui ? Est-ce une soif de justice ? Est-ce une quête à adoucir les peines de cœur ? Car dans chaque noble cause défendue ou dans chaque délit perpétré, le manichéisme n'est-il pas présent ? Et de quel côté doit-on saisir la lorgnette ? Questions à être approfondies avec la sagesse philosophique d'un théologien et je fréquenterai le plus habile d'entre eux. Maudite faiblesse qui a brisé ma volonté, m'apporteras-tu enfin la réponse ?

Gilbert Grand zieuta le coucou chiné dans une brocante l'année précédente. Il retardait en permanence, mais il aimait le rythme du tic-tac qui animait la maison. Cela lui rappelait les vacances passées dans la demeure de ses grands-parents. Chez eux, le coucou sonnait juste, mais une montre cassée ne donne-t-elle pas l'heure juste deux fois par jour ?

7 heures 10.

À réfléchir longtemps sans obtenir de solutions, le temps file devant soi, réalisa-t-il subitement. J'ai mis une heure trente à déguster un café noir et un croissant et je suis à la bourre. C'est bien connu, le samedi matin les magasins de bricolage sont bondés, assaillis par les bricoleurs du dimanche. Gilbert ! Il faut que tu te grouilles ! prononça-t-il en entendant le claquement caractéristique de l'ouverture de la minuscule porte.

L'oiseau sortit de sa cage. Il égrena fièrement les sept coups.

Il fonça.

15

7 heures 30 à Rome.

L'effervescence régnait au sein de la congrégation romaine ce samedi matin. Les religieuses troyennes voulaient profiter des derniers instants de l'escapade, savourer les dernières secondes en terre étrangère, celle qui les avait accueillies à bras ouverts et qui allait les refermer sur des cœurs emplis de souvenirs inoubliables.

Dans les chambres, les mains tremblaient sur les attaches des sacs, les jambes flageolaient en se remémorant la réception de la veille au Castel Gandolfo, une faveur accordée aux humbles servantes du Seigneur. Mais dans la 113, l'atmosphère était autre.

— Je vous croyais mon amie ! Vous m'avez trahie !

— Le mot trahison est un peu fort, sœur Marthe, pour ce que je qualifierai d'action charitable. Vous dormiez profondément lorsque je suis revenue.

— Je ne dormais pas ! J'avais les paupières fermées pour mieux me recueillir après cette fabuleuse journée. Toutes les fibres de mon corps se rappelaient cette rencontre que je n'aurais jamais crue possible si je ne l'avais vécue.

— Vous dormiez et vous ronfliez comme chaque nuit. J'appelle ça pioncer d'un sommeil de plomb.

— C'est faux ! Et d'abord, je ne ronfle pas ! J'ai le nez bouché en permanence, l'été à cause de mes allergies au pollen et l'hiver à cause de mes sinusites à répétition.

— Pour quelqu'un qui ne ronfle pas, j'ai dû réclamer des boules Quies à Vanessa dès le lendemain de notre arrivée.

— Oh ! Comment avez-vous osé !

— J'avais besoin de récupérer après une nuit blanche à vous entendre. Je n'allais pas passer trois autres nuits à compter les moutons, j'ai donc résolu le problème à ma manière sans vous offenser.

— Ce qui se produit maintenant, mais vous détournez habilement le sujet de notre conversation, sœur Agnès. Je n'en démordrai pas. Je reste avec vous, et je servirai de guide à vous et à votre frère qui n'est jamais venu à Rome. Vous savez très bien que vous allez vous perdre. Déjà que vous n'arrivez pas à retrouver votre chemin chez nous, alors, ici, avec ces dédales, vous tournerez en rond, tandis que moi, j'ai une carte dans mon cerveau. J'ai mémorisé toutes les rues et les ruelles que nous avons empruntées lors de nos déplacements.

Le mauvais sens de l'orientation de sœur Agnès n'était un secret pour personne dans la communauté. Elle marchait le nez en l'air et finissait la plupart du temps à l'opposé de l'endroit où elle désirait se rendre. Lorsqu'elle vivait en Afrique, elle n'avait pas eu ce problème, n'étant point confrontée à un choix multiple d'intersections. Dans la brousse, elle suivait la piste, point final ; il n'y avait pas d'autre possibilité, et elle ne s'avisait pas à s'aventurer en dehors de la ligne tracée à coups de machettes, elle ne se risquait pas à servir de repas à une quelconque bestiole.

Sœur Agnès hésita à rétorquer. Que ferait-elle si son frère l'abandonnait dans la capitale, elle qui ne parlait pas un mot d'italien ? Elle tenta une ultime opposition.

— Vous ne connaissez pas la langue, sœur Marthe. Comment est-ce que vous allez y remédier ?

— Et vous ? Moi, au moins, j'ai des photos sur mon appareil numérique pour demander mon chemin si je suis perdue, ce qui n'est pas votre cas puisque vous avez oublié le vôtre au couvent.

— Que se passe-t-il dans cette chambre ? On vous entend toutes les deux à l'autre bout du couloir, et Dieu sait qu'il est long.

— J'ai appris, au saut du lit, que sœur Agnès avait le privilège de prolonger son séjour avec la venue de son frère, ma mère, émit la religieuse courroucée sur un ton radouci. Je lui ai proposé gentiment mon aide en tant que guide dans la cité et dans la vaste ville propice à s'égarer.

S'égarer était bien le terme définissant sa consœur.

— Quelle heureuse initiative, sœur Marthe ! s'enthousiasma la mère. Je venais vous le demander. Après une nuit de conseils avisés, je suis d'accord avec vous, et vous garderez cette chambre puisque vous y avez vos habitudes maintenant.

Sœur Agnès en lâcha sa trousse de toilette qui répandit son contenu sur le sol.

— Qu'y a-t-il, ma fille ? Une objection ?

— Rester occasionne des frais. Notre couvent ne vit pas dans l'opulence. Une personne de plus était envisageable puisque mon frère participera aux dépenses quotidiennes, mais deux, n'est-ce pas déraisonnable, ma mère ?

— Aucunement. Sa Sainteté a autorisé son service comptabilité à payer l'intégralité de nos factures par la banque du Vatican. Sera pris en charge notre séjour qui se termine aujourd'hui, mais aussi son prolongement avec vous deux et celui de monsieur Grand. Tout a été négocié en amont hier après-midi. Autre chose, sœur Agnès ?

— Vos désirs sont des ordres, ma mère, répondit-elle en ramassant son nécessaire de toilette.

L'humilité de sœur Agnès redressa le corps d'une sœur Marthe offusquée quelques minutes auparavant. Cette dernière avait gagné au jeu puéril de l'empoignade verbale.

— À la bonne heure ! Maintenant que vos émotions à toutes les deux sont maîtrisées, il est temps que vous vous consacriez à l'étude approfondie de cette carte détaillée de Rome et de ses alentours que je vous cède volontiers, suggéra la mère en leur tendant le dépliant qu'elle tenait dans sa main droite. Cela vous évitera des bévues, et suivez-moi, c'est un ordre, dit-elle, les doigts sur la poignée de la porte. Venez encourager vos sœurs attristées par leur départ imminent, et arrêtez de ranger, à nouveau, vos affaires dans l'armoire, sœur Marthe, elles ne s'envoleront pas par la fenêtre en votre absence. Vous finirez tout à l'heure.

Rouge de confusion d'avoir été prise en flagrant délit de vainqueur sur le podium, brandissant ses vêtements sous le nez de sœur Agnès comme une coupe devant les supporters, sœur Marthe suivit la mère toute guillerette.

Quant à sœur Agnès, ses traits penchaient plus vers l'amertume que vers la gaîté. Elle ferma la porte et leur emboîta le pas en songeant aux prochains jours du trio.

Dimanche 18 août

J +3

16

Les cinq cents premiers kilomètres, il les avait passés à imaginer des scénarios dans le genre explorateur du « Da Vinci Code », puis il avait lâché l'affaire en pensant que, quelles que soient les hypothèses formulées, elles seraient certainement à cent lieues de la réalité de ce que son esprit calculateur pouvait concevoir. Tant qu'à utiliser son temps d'une manière constructive, autant être bercé par le ronronnement du moteur et admiré le paysage qui défilait sur les côtés, teinté de jaune par les lunettes de soleil ; un paysage fourmillant d'images semblables aux cartes postales comme on en voit sur les présentoirs des papeteries ; un paysage alternant les plaines et les forêts, les champs cultivés et les vignobles, les prés avec ses vaches et ses moutons, les buses dans le ciel décrivant de grands cercles et fonçant sur leurs proies, les villages haut perchés et les chapelles isolées, les fermes, les châteaux et les maisons dont il apercevait seulement les toitures. Tout un monde à découvrir !

Une halte à Milan le samedi en soirée, une nuit pour récupérer, et en route pour les six cents autres kilomètres que le bolide devait encore avaler.

Asphalte – Péage – Café.

Et de nouveau : Asphalte – Péage – Café ; avec une variante : Sandwich.

Se maintenir éveiller malgré la monotonie de la conduite à rouler au cul des camions sur une longue distance avant de pouvoir les doubler était plus qu'une obligation, la limitation de la vitesse dans les tunnels aussi. L'étroitesse des voies sur l'autoroute italienne freinait la décision du dépassement.

Gilbert Grand prenait son temps. En vacances, chez lui, le temps s'étirait vers un horizon d'une profondeur tournée vers l'infini. Il réalisa en traversant la région de Bologne qu'il lambinait grave, et qu'il lui fallait rouler à fond la caisse s'il ne voulait pas être en retard pour le dîner prévu avec sa frangine, d'autant que celle-ci tenait à lui raconter les merveilles visitées. Il en avait l'eau à la bouche ; quoique ?

D'après ce qu'il avait pu comprendre au téléphone dans la chambre de l'hôtel, la veille au soir après s'être restauré d'une pizza Napolitaine (tomates - aubergines - poivrons grillés - moules - persillades) arrosée d'un Chianti et suivie d'une coupe de glace, la voisine de chambrée de sa sœur avait tenu à pénétrer dans un maximum d'églises en une seule journée en arpentant les rues un quartier après l'autre de façon méthodique afin de se familiariser avec cette ville non apprivoisée. Elle n'avait pas hésité à braver la dangerosité du métro selon les dires d'Anne-Marie — il aimait prononcer son prénom lorsqu'il était seul et c'était souvent le cas. Elle avait hâte de décrire les lieux les plus remarquables à celui qu'elle attendait avec impatience.

Rome baptisée la capitale aux milles églises.

Sœur Marthe n'avait pas manqué de lieux de culte pour assouvir sa curiosité et assumer son devoir ; et comme il manquait un nombre important de visites à son palmarès, elle avait décidé de poursuivre l'étendue de son étude le lendemain, c'est-à-dire aujourd'hui, dimanche, dès que la messe de 10 heures à la Basilique Saint Pierre serait terminée.

Éreintée, fourbue, cuite, la sœur Agnès n'avait pas eu assez de vocabulaire au téléphone pour peindre à son frangin l'état dans lequel elle s'était trouvée en rentrant de leur sortie. Les pieds violacés dans les sandales ; les articulations sensibles d'un corps subissant l'épreuve d'une marche constante avec peu de répit ; la nuque endolorie d'avoir trop levé la tête pour voir les fresques au plafond ; et cetera, et cetera. La litanie des souffrances ne s'arrêtait plus hier au soir. Afin de la soustraire aux volontés de sa consœur dont la plaignante avait jugé le comportement tyrannique en insistant lourdement sur l'adjectif, ce qui avait bien amusé le frère en question, ce dernier avait promis d'arriver relativement tôt, vers 18 heures en comptant les pauses. D'où l'accélération brutale de la Citroën C3 grise. D'où la concentration en serrant le volant de ses mains gantées de cuir, des gants troués spécifiques à la conduite qui lui évitaient la moiteur des paumes. D'où la sentence qu'il infligeait à ses méninges : ne plus se laisser distraire par quoique ce soit avant d'avoir franchi le poteau d'arrivée.

À 18 heures 12, il atteignit enfin son but. Il se gara sur le parking entre un imposant camping-car d'origine Belge et un camion d'immatriculation allemande échoué là. La petite Citroën semblait avoir rapetissé entre ces deux mastodontes.

Un sac de sport en bandoulière contenant son ordinateur portable et la matraque noire fendillée dont il ne se séparait jamais — une relique de son ancien métier de gendarme qui se fendrait en deux au premier coup porté sur l'adversaire —, le Panama en couvre-chef à la place du chapeau en feutre qu'il portait l'hiver, la chemisette bleu ciel froissée et le pantalon en lin de teinte marine tombant sur les mocassins en cuir retourné, le détective Gilbert Grand s'engagea dans l'allée en traînant sa valise rouge à roulettes. À l'accueil, il réclama sa clé en précisant qu'il était attendu et somma la réceptionniste d'avertir la chambre numéro 113 de son arrivée. La jeune fille d'une vingtaine d'années à la chevelure ébène et aux yeux d'un noir intense habillée d'un tailleur strict pour son âge, arborant fièrement son badge de stagiaire en BTS Tourisme, décrocha le combiné avec ferveur, soucieuse de satisfaire ce client qui devait être important puisqu'il se joignait aux deux religieuses ayant eu la faveur papale en étant reçues au palais d'été ; le téléphone arabe ayant fonctionné à merveilles, toute la congrégation était au courant depuis. Dans son champ de vision ne tarda pas à arriver le duo vêtu de gris : une frangine marchant devant, les bras tendus prêts à l'embrassade, et une sœur Marthe essoufflée derrière.

Effusion de joie commune.

Plaisir des retrouvailles.

— Allons souper avant complies, suggéra sœur Marthe qui avait hâte de s'asseoir, à bout de forces après la virée qu'elle avait imposée pendant l'après-midi. « Telle est prise qui croyait prendre », se dit-elle en saluant le détective.

— Allez-y en éclaireuse pendant que je précède mon frère. Quel numéro as-tu ?

— Le 110, au premier étage, une chambre seule.

— Alors, nous sommes voisins ! Merveilleux ! Je pourrais passer te voir avant d'aller dormir.

Gilbert tiqua. Il ne voulut pas contrarier une telle exaltation seulement il n'était pas un adepte des discussions à bâtons rompus jusqu'à une heure du matin. Il avait besoin de ses sept à huit heures de sommeil par jour pour être en forme physiquement et psychiquement. Dormir pour se sentir à « donf » comme disaient les jeunes ; son shoot à lui pour recharger les batteries.

Le frère et la sœur ne s'attardèrent pas dans la chambre au numéro 110. Les bagages sur le lit, la porte refermée et la clé dans la poche du pantalon, sœur Agnès entraîna son frangin vers la salle à manger en lui tenant le bras. Elle eut un mal de chien à localiser sœur Marthe qui avait été reléguée dans l'angle droit de la pièce, le dos de la chaise appuyé contre un pilier sur lequel grimpait un lierre aux feuilles blanches et vertes.

— Je suis à l'étroit, se plaignit-elle en les voyant. On nous a changés de place.

— À trois, cette table ronde suffit. Nous ne pouvons pas réquisitionner notre ancien emplacement qui ferait défaut aux nouveaux arrivants. Et puis, notre toile cirée est de couleur verte. La couleur de l'espérance ! Un heureux présage ! s'enthousiasma sœur Agnès.

— Nous allons nous serrer l'un contre l'autre, avec ma sœur. Vous aurez plus de place.

— À mon âge, soixante-dix ans passés, on a besoin d'être à l'aise pour manger sinon on digère mal.

Gilbert Grand ne voyait pas le rapport entre l'espace, la nourriture et la couleur de la table, si ce n'était que la vue de l'emplacement d'avant sur le parc et le potager était beaucoup plus agréable à regarder que celle des cuisines.

— Ah, voici l'entrée, annonça sœur Agnès pour faire diversion.

— Si c'est « dégueu », glissa Gilbert à l'oreille d'Anne-Marie, je ne me priverai pas de te le dire ce soir.

— Ce sera mon prétexte pour franchir ta porte.

Zut, j'aurais mieux fait de me taire, pensa Gilbert. Sois sincère avec toi-même, mon cher détective, tu exagères. Sa venue est primordiale, au moins ce soir, car tu dois connaître rapidement pourquoi Sa Sainteté a dépêché la frangine en tant que messager et non un de ses fidèles cardinaux. Elle n'a pas l'air d'être dans le secret des Dieux, mais sait-on jamais. Peut-être qu'elle se tait vis-à-vis de sa voisine de chambre, alors, dans ce cas…

Lundi 19 août

J +4

17

On dit que la nuit porte conseil, la mère supérieure en abusait souvent, Gilbert Grand jamais. Il se fiait plutôt à son impression première qui s'avérait souvent être la bonne, mais, là, il était dans le flou. Un flou qu'il souhaitait rendre net le plus vite possible.

Il se leva, fit une toilette rapide, s'habilla et descendit prendre son petit-déjeuner, la détermination au creux de l'estomac à remplir la mission sollicitée, bien qu'il n'en sût pas le motif, par cet être humain hors du commun que les deux nonnes avaient en haute estime à les entendre discourir depuis qu'il avait débarqué.

10 heures 30. Castel Gandolfo.

Après quatre-vingt-dix minutes de circulation intense, un taxi déposa le trio devant les vantaux en fer forgé devenus familiers qui s'ouvrirent aussitôt. Gilbert Grand avait joué de prudence en laissant son carrosse dans les écuries de la congrégation. Se familiariser avec les voies romaines n'était pas à l'ordre du jour.

Le cardinal Angelo Dominicci, vêtu de son éternelle soutane noire —, il en possédait plusieurs de la même étoffe et de coupe identique, lesquelles étaient sujettes aux railleries de ses pairs —, venait à leur rencontre, la télécommande du portail automatique dans la main droite. C'était relâche pour les gardes suisses. L'air s'étant rafraîchi depuis l'orage, il avait jeté sur ses épaules une courte cape noire elle aussi. Cette dernière avait tendance à glisser sur le côté gauche au fur et à mesure qu'il avançait vers eux. Elle finit par tomber par terre lorsqu'il tendit le bras pour leur souhaiter la bienvenue. Souhaitant se rendre utile, sœur Marthe se pencha en même temps que lui pour la ramasser, la loi de Murphy fit le reste, il en résulta une bosse, grosse comme un œuf de pigeon, sur les deux fronts qu'il fallût soigner derechef auprès de la cuisinière en réclamant des glaçons et de la pommade Arnica, abandonnant ainsi la famille Grand dans le hall d'entrée. Par chance, le jardinier qui avait fini de noter les consignes de la semaine sortit du salon et leur fit signe d'entrer en agitant son calepin — quand on ne connaît pas la langue du pays, le langage corporel est d'un grand secours.

La pièce n'était pas très grande. Curieusement, il n'y avait personne. Elle ressemblait à un boudoir meublé à la chinoise avec ses cinq fauteuils en bois de santal finement travaillés aux accoudoirs à angle droit, et sa table basse réalisée dans une essence similaire comprenant quatre tiroirs au modelé en relief. La teinte gris perle du carrelage s'accordait avec celle blanc cassé des murs sur lesquels on avait accroché deux tableaux peints sur de la soie représentant des jonques sur un lac. Dès qu'on posait les yeux dessus, on devinait la maîtrise de l'artiste par la finesse du trait qu'avait opéré le pinceau, légères traces noires sur le tissu beige. Des appliques modernes, de formes rectangulaires en métal foncé et vitre teintée jaune de Naples clair, diffusaient certainement une lumière adoucie lorsqu'elles étaient allumées, du moins ce fut ce qu'imaginât le détective car elles étaient éteintes.

Sa Sainteté mit fin à leur attente en pénétrant dans le salon chinois par une porte dont ils ne soupçonnèrent pas l'existence avant qu'il ne l'eût ouverte.

Conversation brève et riche de sous-entendus.

Côté détective :

« Un des avantages du métier est celui d'avoir la possibilité de refuser ou d'accepter une enquête à l'autre bout de la planète. Loin de mes attaches, je peux utiliser mes relations lorsque bon me semble. Je mets donc mes compétences à votre service dans le respect du secret, cela va de soi. La discrétion sera de rigueur ».

Inclination du crâne marquant l'approbation de l'interlocuteur.

Côté pape :

« Dieu a besoin des hommes pour réparer ce que font d'autres hommes. Son silence est à l'intérieur de nous, plombé par des tonnes de malversations. La tâche sera difficile, je vous le concède, mais, ô combien, riche d'enseignements en anéantissant l'opprobre ».

« Abyssum abyssus invocat ».

Froncement des sourcils de la fratrie.

« L'abîme appelle l'abîme ».

Gilbert Grand avait écouté. Il hocha la tête en songeant au guêpier dans lequel il s'était fourré volontairement grâce à l'intervention de sa naïve frangine.

On éveille ma curiosité. On caresse mon ego dans le sens du poil et j'accours. Que le ciel fasse que je ne regrette pas ma précipitation à me lancer dans une nouvelle aventure. Quel abîme va s'ouvrir sous mes pieds ?

18

11 heures 30. Troyes.

La première chose qu'il vit fut les débris de bois sur le seuil. De stupéfaction, il en lâcha son sac de voyage de la marque Louis Vuitton. Le bagage écrasa un peu plus les morceaux répandus. Il resta un long moment cloué au sol devant le spectacle hideux de la demeure agressée, secouant la tête de droite à gauche comme un automate. L'image s'imprima sur sa rétine, photographie sensorielle qui s'effacerait avec difficulté. Il eut une coriace envie de prendre ses jambes à son cou. Il sentit ses guibolles flanchées à l'idée de fuir lâchement l'endroit.

Fuir, d'accord, mais pour aller où ? se demanda-t-il. Se réfugier chez les flics et être la risée de ces messieurs lorsque j'annoncerai que je n'ai pas osé entrer chez moi et que je me suis dégonflé ? Se réfugier chez Bernard qui habite à l'opposé de la maison, et abandonner mon douillet cocon qui se fera piller, détrousser tel un vieillard impuissant, dévaliser, et que sais-je encore ? Autant affronter le pire au péril de ma vie, vaille que vaille.

Il s'arma de courage bien que la témérité ne fût pas son fer de lance. Repoussant au fond de ses entrailles la trouille qui lui nouait les tripes, les doigts tremblotants, il poussa la porte d'à peine dix centimètres, juste de quoi entrevoir les dégâts. La chaussure en avant, le buste en arrière, les bras repliés positionnés dans la posture du boxeur pour se protéger d'une éventuelle agression, il essaya d'apercevoir l'intérieur. La posture du gymnaste débutant était cocasse, vouée à une fragilité certaine, et ce qui devait arriver arriva : il perdit l'équilibre, cul par terre, et une écharde pointant son dard s'enfonça dans la fesse droite.

Pitrerie anéantie.

Il serra les dents et retint le hurlement qui montait, maudissant sa stupidité à vouloir affronter l'inconnu de cette manière, tout en enlevant l'objet de la douleur avec de multiples précautions afin de ne pas aggraver la plaie qui tachait le pantalon, une simple tache qui lui parût équivalente à celle qu'aurait laissée une balle tirée en plein cœur. L'imagination était à l'œuvre. De rage, pestant contre l'élancement de son postérieur, il jura qu'on ne l'y reprendrait plus et récupéra dans son sac le minuscule parapluie qu'il actionna illico presto en songeant qu'un malheur en annule un autre ; le parapluie ouvert, la superstition annihilerait l'incident qui venait de se produire. Baleines déployées, l'arme de substitution brandit droit devant telle un bouclier, s'identifiant à un chevalier du vingt et unième siècle, il entra dans son appartement en traînant son sac avec la main qui était restée libre, le corps plié en deux à cause du poids de ses affaires dans ledit sac. Il s'arrêta dans le vestibule, l'oreille aux aguets ; puis il se redressa, les neurones branchés sur le moindre bruit en provenance des différentes pièces. Il écouta le silence réconfortant, immobile, au garde à vous.

Deux mètres chancelant. Coup d'œil sur la gauche vers la cuisine.

Quelle horreur ! Quelle malédiction ! se lamenta-t-il tout bas. Après la porte, la vitre, cela ne finira donc jamais. Je suis violé dans mon intimité.

Des larmes de détresse fusèrent vers les cils. Le mascara coula sous les paupières en un filet marron du plus mauvais effet.

Pensées galopantes.

On m'a dévalisé, j'en suis sûr, spécula-t-il. Le voleur est peut-être encore à accomplir son forfait en ce moment. Il m'a entendu. Il me guette. Il va se jeter sur moi, me ligoter et me réclamer le code de ma carte bleue.

Il tremblait comme une feuille dans la bourrasque prête à se détacher de la branche protectrice pour échouer cent mètres plus loin sur un sol nu et aride, dépourvu de ce confort qu'il affectionnait tant. Ses sentiments étaient ballottés entre rebrousser chemin ou bien continuer la progression si pénible fût-elle pour un pauvre cœur déjà bien secoué.

Quelle épreuve ! Mon Dieu, quelle épreuve ! geignit-il.

Le parapluie s'échappa de l'étreinte des phalanges. La carpette sous ses pieds amortit le choc. Il manqua défaillir. Il s'appuya au chambranle du bureau sur sa droite dont la porte avait été ôtée en suivant les conseils avisés de l'architecte d'intérieur.

Quand je raconterai ça à Bernard, il ne voudra pas me croire. Terminer un si agréable voyage de cette façon, ce n'est pas humain de m'infliger ça. Les Dieux sont contre moi, dit-il à voix haute.

Il respira profondément de dépit, emplissant ses poumons d'un air putride.

Mais ça pue ! Oh non, non, non… gémit-il.

Le relent vainquit l'appréhension, il suivit la piste de la puanteur comme un bon chien de chasse, et tomba en arrêt devant l'homme assis dans sa salle à manger. Pétrifié, avec en prime une bouffée de chaleur digne d'une femme ménopausée, il bascula d'un seul bloc dans son fauteuil préféré rose, évanoui.

Cinq minutes dans les vapes.

Une minute pour se boucher le nez.

Trois minutes pour foncer vers le vestibule à la vitesse d'un escargot, décrocher le téléphone sans fil et balbutier faiblement :

— Allô, la police ?

19

— Puisque je vous dis que je ne le connais pas ! Ce n'est quand même pas difficile à comprendre ! s'emporta Alberto en tapant du pied sur la carpette de l'entrée en poils de chèvre ce qui annula le résultat attendu. J'ai perdu connaissance en le découvrant. J'avais retardé mon retour pour séjourner le week-end chez mon ami échevin à Jalhay en Wallonie, ce village connu depuis le tournage du film « Sœur Sourire ». Un beau petit village entouré de montagnes. Enfin, quand je dis montagnes, je devrais plutôt décrire de modestes vallons. Avec la chaleur que nous devons supporter à cause du réchauffement climatique, c'était di-vin. La fraîcheur du matin sur les épaules en se restaurant sur la terrasse vous procure un plaisir immense. Il faut y être pour l'apprécier à sa juste valeur. Je vous plante le décor pour que vous puissiez l'imaginer. Mon ami, Monsieur Vandermeer, a fait construire une splen-di-de terrasse entourée de sapins qui l'ombragent l'après-midi. Lorsque vous êtes attentif à l'environnement, confortablement installé dans un fauteuil en rotin comme celui du film « Emmanuelle », eh bien vous pouvez avoir la chance d'observer un écureuil roux, surtout pas un gris dont l'espèce est trop agressive. Je disais donc un mignon petit écureuil roux avec sa jolie queue en panache qui transporte de branches en branches entre ses pattes une pomme de pin. Enfin, si vous avez l'œil, ou alors vous réclamez les jumelles de Roger, Roger est le prénom de mon ami échevin.

Le capitaine Jacques Dupuis soupira à entendre la logorrhée. Je sens qu'on va s'éterniser ici, pensa-t-il.

— Dites-moi, je vous vois souffler. Cela ne vous intéresse pas ce que je vous raconte. Cela est pourtant d'une importance capitale. Est-ce que vous vous rendez compte que si je n'avais pas accepté l'invitation de mon cher Roger à séjourner chez lui — nous nous échangeons les potins des galeries, nous a-dorons ça, et parlons aussi de nos dernières acquisitions, surtout des miennes, je n'arrête pas d'acheter à droite et à gauche, parfois je lui souffle une affaire sous le nez ce qui le rend furieux —, bon, je m'égare, je disais donc que si je n'avais pas prolongé mon voyage en Belgique, je serais…

Un sanglot étouffé termina la phrase.

Alberto Giordano, l'équivalent de « Jean qui pleure, Jean qui rit » confia l'officier de la brigade criminelle troyenne à sa collègue lieutenant.

— Approchez-vous pendant que mon collègue le photographie, Monsieur Giordano. Il ne vous fera aucun mal, il est mort, affirma Jacques.

— Il n'en est pas question. Je le vois très bien d'où je suis.

— Au bout du couloir ?

— Parfaitement. Je discerne sa posture. J'ai la vue dégagée sur la salle à manger, un concept de l'architecte. Au début, j'étais réfractaire à tout changement. Je tenais à conserver l'agencement d'origine seulement c'était trop sombre. J'aime la clarté. Je savoure les rayons du soleil qui me lèchent le visage lorsque je suis encore endormi. Je ne ferme pas les volets lorsque je suis à la maison, mais je crois que je vais le faire à partir d'aujourd'hui, enfin, dès qu'il sera réparé, je parle du volet de la cuisine. Donc, je disais que la pose du miroir non seulement agrandit l'espace, mais aussi me permet de voir le cadavre de loin. Une idée prémonitoire dont je me serais volontiers passé.

Alberto Giordano renifla à cette évocation. Il avait les yeux larmoyants lorsqu'il le regardait et des trémolos dans la voix lorsqu'il lui parlait.

— Argutie non valable.

Le capitaine Dupuis, bel homme à la cinquantaine aux yeux gris clair en tenue de flic habitué à courser les malfrats, « Jean - chemisette à carreaux - blouson en cuir - baskets », aimait user de ce mot avec certains témoins, créant de cette manière un arrêt brutal dans le refus à coopérer.

— Monsieur Giordano, il faut être sûr de ce que vous avancez afin d'écarter la moindre confusion. Peut-être avez-vous vu rôder en bas de chez vous l'individu assis dans votre salle à manger ? émit le fumeur de longue date en se raclant la gorge.

Pas de réponse.

Celui qui perdait patience détailla celui qui n'avançait pas d'un pouce.

Le type méditerranéen : des cheveux noirs bouclés, une moustache et un bouc noir, des iris noirs, un teint mat accentué par le bronzage estival.

L'allure efféminée : une chemisette Ralph Lauren jaune, une veste en lin d'une couleur moutarde recouvrant les épaules, des Derbys marine en cuir suédé de la marque Levi's, un pantalon beige foncé coupe slim aux poches plaquées sur le devant qui servaient à cacher, pendant l'interrogatoire, les mains de celui qui était questionné, une gourmette en or jaune à son poignet gauche, une montre en or rose à son poignet droit qui s'avéra être une Rolex lorsque Alberto Giordano daigna sortir la main de sa poche pour s'essuyer le visage avec le mouchoir en papier qu'il tenait entre ses doigts, lesquels étaient mis en valeur par plusieurs bagues scintillantes, une fine chaîne en or jaune avec une dent de requin sur la poitrine.

Le capitaine Dupuis eut pitié de l'homme encore sous le choc de la découverte qui prenait racine. Il vint vers lui et l'entraîna vers l'extérieur. Il avait surtout envie de s'en griller une. Entre deux bouffées de nicotine, il entendit le bruit métallique du brancard qu'on déplie, puis celui du zip de la housse mortuaire. Alberto Giordano hoqueta entre deux reniflements.

Comme quoi avoir le trouillomètre à zéro n'arrête pas le hoquet, constata Dupuis.

Les roues en métal grinçaient en avançant, lente progression vers l'inéluctable.

Le capitaine stoppa le sinistre convoi en levant son bras gauche tatoué d'un caducée, stigmate d'une jeunesse amoureuse, et tira avec précision la fermeture Éclair du linceul en plastique noir sous le nez du propriétaire qui ne pût détourner à temps le regard.

— Observez-le bien et je vous ficherai la paix ensuite.

Son mouchoir en papier pétri sur la bouche, Alberto Giordano poussa un cri.

— Vous le reconnaissez ?

— Évidemment que je le reconnais !

— Une de vos connaissances ? Un voisin du quartier ? Alors, qui est-ce ?

— Comment ça, qui est-ce ?

— L'homme qui se trouve là, étendu sous vos yeux.

— Mais, je ne parle pas de l'homme ! clama Alberto en tendant la main vers le cadavre.

— Ne le touchez pas ! Vous parlez de quoi au juste ?

— De mon magnifique stylo-bille Montblanc que m'a offert Bernard ! Il le tient dans sa main !

— On l'a remarqué, mais le corps est raide. Le légiste s'en occupera à la morgue.

— Rendez-le moi !

— Pour l'instant, il sera mis sous scellés en attendant la suite. Vous avez l'air d'oublier que votre appartement est une scène de crime, Monsieur Giordano, affirma de nouveau Jacques. Plus vite nous aurons terminé, plus vite vous le réintégrerez. Deux, trois heures si rien n'entrave notre démarche. Bon, alors, reconnaissez-vous la victime, oui ou non ?

Un son plaintif mourut au-dessus du macchabée. Un haut-le-cœur monta des profondeurs, s'amplifia jusqu'à jaillir en un liquide jaunâtre et mousseux des lèvres de Giordano, aspergeant les yeux vitreux qui semblaient le scruter depuis le royaume de Hadès.

— Mon beau stylo souillé par cet individu, dit-il en tirant plusieurs mouchoirs en papier de la boîte que le légiste avait récupérée dans la salle à manger en prévision des pleurs du plaignant. Vous allez le désinfecter avant que je le récupère ?

Dupuis rejeta la fumée de sa gauloise en guise de réponse. Un cas désespéré, dit-il tout bas aux brancardiers de l'IML en le poussant vers l'intérieur, comprenant que l'homme qui était en train de s'éponger le visage lui disait la vérité, il ne connaissait pas le mort.

— Maintenant que nous avons procédé à l'enlèvement du corps, je vous demande de regarder autour de vous les choses manquantes et vous énumérerez le tout au lieutenant Duharec que voici.

Le lieutenant de police Morgane Duharec, réputée pour son souci du détail, s'approcha en affichant son plus beau sourire. La mise en confiance débutait, efficacité garantie.

En effet, Alberto Giordano se détendit en découvrant la frêle jeune femme aux cheveux auburn coupés à la garçonne habillée de pied en cap dans une couleur fuchsia « débardeur – pantalon – veste courte » et chaussée de tennis rouge ; à son annulaire brillait une alliance. Il estima son âge entre trente et trente-cinq ans. Il sécha une nouvelle fois ses joues avec les mouchoirs saturés de liquide lacrymal qui formaient une boule compacte à force d'avoir été triturés. Un faible sourire étira ses joues, soulagé de quitter le cerbère qui l'avait pourchassé avec sa question récurrente : « Est-ce que vous le connaissez, oui ou non ? ».

Le lieutenant Duharec dégaina son calepin étiqueté 08 - 01. Elle avait adopté l'habitude de son mentor parti à la retraite, le commandant Dorman, trouvant le système ingénieux. Le premier numéro correspondait au mois, le deuxième à l'ordre croissant du petit carnet de notes utilisé. Elle le choisissait toujours petit et mince ; un côté pratique car il tenait dans la poche de son blouson, seulement elle en usait souvent trois par enquête ce qui finissait par être encombrant. Elle commença à noter en avançant, chemin de croix des objets volés sous les anecdotes et les lamentations de son propriétaire, une oraison mélodramatique qui la laissait de marbre.

Mardi 20 août

J +5

20

Le touriste lambda sait que Rome, en soirée, se pare de ses habits de fête, ondule aux sons des mélodies s'échappant par les fenêtres ouvertes, chante sur les balcons et aux terrasses des cafés, jouit d'une vitalité à réveiller un apathique.

Gilbert Grand le constatait d'heure en heure depuis qu'il voguait seul au milieu des noctambules. Il se fondait dans la masse. À chaque coin de rue, il vérifiait les indications notées au cours de l'après-midi. Celles-ci provenaient de l'étude minutieuse d'une sœur Marthe grognon qui s'était plainte d'une céphalée tenace bien qu'elle eût été soutenue moralement, tâche ingrate, par une sœur Agnès emplie de sollicitude, la veille ayant été consacrée à la diminution de la bosse, aux rangements des affaires dans la 113 et à la stratégie du lendemain en étudiant le plan de la ville. Ah, il en avait avalé des expressos serrés, ce matin, au cours des nombreux arrêts de la malade dans le but d'enrayer le mal de crâne qui avait fini par être contagieux. À la longue, plus personne n'avait eu le cran de supporter les jérémiades et les trois avaient avalé, au cours du repas, en même temps qu'un plat de spaghettis à la Bolognaise — une subite envie de sucres lents indispensables à leur déambulation future —, le comprimé de la délivrance : 1 000 mg de Doliprane dégainé de la sacoche du détective.

Le mal sitôt reparti dans son cachot — c'est bien connu dès que la douleur a disparu le cerveau oublie l'épisode maladif —, à 14 heures ils avaient été opérationnels. La marche forcée avait donc repris.

Les deux femmes novices dans la profession de leur accompagnateur avaient paru étrangères aux graffitis qui salissaient les rideaux de fer baissés des magasins à vendre ou à louer ; garée en double file, une camionnette y avait eu droit aussi, transportant le message contre son gré jusqu'à ce qu'une nouvelle couche de peinture, recouvrant la carrosserie endommagée précédemment, subît, probabilité certaine, à nouveau le triste sort.

Ah, il en avait visité, Gilbert Grand, des églises et des cryptes à en avoir une indigestion ; il en avait photographié des Vierges sous les corniches à en avoir un torticolis carabiné tout en repérant sur son passage l'adresse d'un cabaret ou d'un club privé fermé de 6 heures à 21 heures ou bien notant l'enseigne d'un café branché dont la faune s'avérerait être d'un autre genre passé 20 heures, et tout ça à l'insu de sœur Marthe ; du moins l'avait-il cru car l'œil perçant de la religieuse avait souvent regardé en biais. Comme quoi l'efficacité du paracétamol n'était plus à prouver.

Il se remémorera la scène vécue le sourire aux lèvres.

— Vous écrivez quoi ? avait questionné l'inquisiteur au féminin sur un ton doucereux. C'est en rapport avec la visite d'hier ?

— En partie. Je concilie le tourisme et les recherches personnelles.

Gilbert Grand était resté évasif, les traits impassibles, testant par cette tricherie la profondeur des confidences entre les deux nonnes.

— Marc Aurèle disait en son temps que : « L'obstacle est matière à action », avait cité sœur Marthe sur un ton légèrement moqueur. Qu'en pensez-vous ?

— Que Dieu n'intervient pas sur terre. Il nous laisse nous débrouiller avec les moyens du bord. Le « Libre arbitre » crié, haut et fort, qui excuse les actes.

— Oh !

— Et comme nous en sommes aux citations, j'ajouterai en conclusion celle de Tolstoï tirée de son livre « Guerre et paix » : « Il n'y a que deux guerriers qui soient toujours vainqueurs, le temps et la patience ». Et le temps, nous l'avons ; la patience, aussi.

— Assez minauder. Je vais aller droit au but, Monsieur le détective, votre sœur m'a tout raconté. Il eut été difficile de continuer à nier la confession de notre Saint-Père, ce dont je la remercie. J'ai su ce que vous complotiez au coucher. Vous auriez pu m'en parler avant de commencer notre périple de la journée, au petit-déjeuner par exemple, enfin…

— C'était délicat.

— L'indélicatesse risque de nous faire recommencer l'itinéraire dans son intégralité. Ah, on n'est pas couché ! Faites-moi voir vos annotations concernant le parcours effectué.

Pendant que sœur Marthe avait tourné les pages de son bloc-notes avec une rage à peine dissimulée, sa sœur s'était punie elle-même à cause de son dévoilement, muette dans son coin, en pénitence.

— Bon, ça va, approuva sœur Marthe, mais deux paires d'yeux valent mieux qu'une. Je ne compte pas notre coéquipière qui marche la tête dans les nuages comme d'habitude. Maintenant, soyons attentifs. Nous allons démontrer aux incrédules la pureté d'âme de notre bien aimé et très cher disparu, le cardinal Domenico Giordano.

— Nous ?

— Oui, nous ! Cela poserait-il problème ?

— Pas le moins du monde.

— À la bonne heure. En route pour la suite du repérage, mais je vous avertis, je ne vous accompagnerai pas ce soir dans ces lieux de perdition.

Et c'était ainsi que le détective Gilbert Grand avait semé les petits cailloux dans la ville, cailloux qu'il ramassait maintenant. Petit Poucet étranger dans la capitale romaine, il échoua vers 21 heures 30 là où avaient échoué auparavant ses homologues italiens, Marco et Tony, dans le fameux club privé nommé le Néron. Les renseignements récupérés ne lui apprirent rien de plus que ceux qui avaient déjà été recueillis au Castel Gandolfo. L'homosexualité du cardinal était un fait avéré.

Suivre la haine homophobe.

S'enfoncer dans la fange.

Une pensée pour les deux religieuses, ses deux complices à l'abri du vice.

Il tourna le dos à la piste des troquets, et se dirigea vers les quartiers chauds, ceux-ci ayant été volontairement occultés par les prudes épouses du Christ. Il espérait atteindre rapidement les rues de la prostitution masculine en marchant vite ; il se trompa. Il atterrit aux belles de la nuit et sur le conseil de ces dames rejoignit en vitesse le parking où il avait garé la Citroën.

Le jour était à son déclin, laissant place à la nuit étoilée.

Le disque solaire disparut subitement, emportant avec lui les derniers rayons rougeoyants.

Destination : la nécropole de Cerveteri.

Le béton s'éloignait à chaque tour de roues, remplacé par des bandes d'herbe fleurie qu'éclairaient les feux de croisement.

Une heure un quart, pied au plancher.

À 23 heures 30, il quitta la nationale et s'engagea sur une départementale boisée pour terminer sa route sur un terre-plein d'où la vue était dégagée. La ville bruyante s'apparentait à un lointain souvenir.

Il n'était pas le seul occupant de cette aire de stationnement improvisé. D'autres véhicules stationnaient déjà à cet endroit. Il posa sa paume sur les capots, l'un après l'autre, quatre étaient froids, deux tièdes. Il y avait du monde au rendez-vous nocturne en cette douce soirée.

Il marcha dans les traces de ces prédécesseurs ; les brins d'herbe écrasés montraient la voie à emprunter. Comme eux, il écarta le fil de fer barbelé et fit attention à ne pas accrocher sa veste en lin au cours de la manœuvre car il détestait porter un vêtement troué aussi petit que fût le trou sauf si la planque nécessitait cet attribut, comme lorsqu'il s'était déguisé en clochard, les trous ayant contribué à la véracité du rôle. Il nettoya la rouille qu'il avait au bout de son index et de son pouce gauche, et parcourut les quelques mètres qui le séparaient de l'étrange bâtisse.

D'origine étrusque, construite aux environs du troisième siècle avant Jésus Christ, la dernière demeure de ce peuple disparu arborait de nos jours un charme indéniable.

Plus de deux mille ans à subir les attaques des barbares sans avoir pris une ride.

— Est-ce que nous pourrons en dire autant de nos constructions contemporaines ? demanda Gilbert à la lune et aux étoiles qui éclairaient son chemin. La mousse, les plantes grimpantes dont je ne connais pas le nom, et le feuillage de ces arbres ont été un parfait camouflage pendant des décennies.

Qu'en pensez-vous, vous autres qui veillaient sur notre pauvre monde ?

Il enjamba un muret en partie effondré et pénétra dans la nécropole.

Je suis curieux de voir ce qu'il y a à l'intérieur.

Quelques minutes d'obscurité et ses yeux s'habituèrent à la pénombre. L'air était sec, rien ne suintait au demeurant, les murs paraissaient exempts d'humidité.

Comment allait-il pouvoir circuler dans ce qu'il qualifia d'emblée de labyrinthe ?

Sur sa droite, sur sa gauche, et en face de lui, partaient trois directions. Il mit en marche l'application lampe torche de son téléphone portable. L'appareil cellulaire était chargé à bloc, batterie pleine, l'ayant branchée tout le long du trajet en prévision de ce genre d'obstacle. La lumière éclaira un pan de mur. Il repéra des signes cabalistiques gravés d'une manière grossière par un individu peu soucieux de la préservation du monument historique. À droite une croix, à gauche un trait vertical, en face un trait horizontal, un manque total d'imagination, un codage d'une banalité à faire pleurer un chercheur de trésors.

Il commença par la droite, il fallait bien faire un choix au hasard, alors, pourquoi pas à droite ? Il tâta la poche intérieure de sa veste, la fidèle matraque fendillée était là — à force de la porter contre lui, il en oubliait sa présence rassurante, elle s'intégrait à son corps —, et s'aventura dans le long couloir. Il dérangea une chauve-souris dans son sommeil. Elle étira ses ailes, indécise à s'envoler, et finit par rester suspendue à son rocher. Les premières sépultures contenaient encore quelques ossements, la grande faucheuse ayant emporté l'âme des infortunés depuis longtemps. Puis il fut confronté à une autre prise de possession. À la lueur d'une flamme, il entrevit le visage béat de celui qui planait en lieu et place du mort. Un drogué s'était installé là, étendu sur la couche en terre battue, la bougie se consumant lentement à côté de lui, le garrot desserré, la seringue et l'aiguille plantées dans la veine. L'homme n'eut aucune réaction à la lumière aveuglante braquée sur lui.

Gilbert Grand haussa les épaules et avança de lueurs en lueurs, étalage désespérant d'hommes et de femmes, à demi-conscients de leur état, les bras ballants, rêvant d'un monde qui n'existait pas. Des gens de tous les âges, toutes catégories sociales confondues, en témoignaient les costumes, les tailleurs et les guenilles. Il ne put s'empêcher de porter un jugement sévère en constatant les conséquences de ces âmes désœuvrées. Il marcha ainsi jusqu'à ce qu'il eût atteint un nouvel embranchement. Le couloir bifurquait lui aussi vers la droite et vers la gauche, comme à l'entrée, avec des marques identiques, la croix et le trait vertical. Se fiant à son flair, déduction infaillible qui lui avait valu plus d'une résolution d'enquêtes à son actif, il attribua les croix au marquage des junkies. Il tourna donc à gauche et suivit les traits verticaux.

Il remarqua de suite plusieurs récipients logés dans des niches, positionnés de façon systématique de part et d'autre d'une petite pièce creusée dans la roche. Au fur et à mesure qu'il progressait, les excavations se succédaient selon un ordre précis identique au précédent. Il comprit qu'il se trouvait dans le couloir des vestibules, et celui-ci, comme il le présageait avant d'avoir avancé, eut pour fin une nouvelle bifurcation.

À ce moment-là, l'esprit du détective tira la sonnette d'alarme. Un plan du trajet parcouru à l'aveugle s'imposait s'il tenait à sortir vivant de cet enchevêtrement de rues grossièrement forées. S'il persévérait à poursuivre de cette manière, cette urbanisation primaire aurait sa peau.

Il s'assit sur une espèce de margelle et fit appel à sa mémoire visuelle pour retranscrire sur un feuillet le déplacement dans l'espace qu'il avait effectué jusqu'ici. L'esquisse lui plut. À tourner et virer dans l'inconnu, on n'est pas difficile sur la précision du trait. La ligne tracée ressemblait d'ailleurs étrangement à celle des murs : une marque hachurée.

Il se leva d'un bond. Provenant des entrailles de la terre, une musique assourdissante avait lancé son cri de ralliement. Elle se répercutait du sol au plafond, appelant les fêtards à venir la rejoindre.

Gilbert Grand n'eut aucun mal à s'orienter. Les décibels grandissaient à chacun de ses pas. À la énième bifurcation, il admit que les traits verticaux n'étaient, en fait, qu'une voie vers les traits horizontaux, ces derniers ayant la mission de guider les voyageurs vers une place d'où provenaient les notes d'une musique techno.

Autres gens. Autres mœurs.

Des lampadaires raccordés à des bouteilles de gaz illuminaient une vaste salle.

Vive le progrès ! Lumières artificielles qui embellissent nos nuits.

Des couples dansaient, s'embrassaient, se tripotaient, le tout dans un sans-gêne qui aurait offusqué les deux religieuses à la simple idée de savoir leur cher cardinal évoluant dans ce décor. Des canapés efflanqués, poussés contre les parois de la grotte, dont certains avaient des trous aussi gros qu'une assiette à pizza — c'était dire la taille lui qui ne les aimait pas —, permettaient aux hommes de boire un verre, assis et tranquilles, à qui le cocktail avec son parasol multicolore, à qui la flûte de champagne.

Gilbert Grand cligna des yeux et coupa son téléphone.

Économie de la batterie.

Il avisa à trouver le pourvoyeur des boissons alcoolisées. Il le situa à vingt mètres, installé dans un vestibule, distribuant les verres préremplis aux mains tendues, empochant le fric avec avidité.

Argent, alcool, drogue. Un détournement audacieux des catacombes. Une profanation en bonne et due forme acceptée par tous ; les possesseurs et les défenseurs du patrimoine qui regardent ailleurs.

Il fit comme les autochtones. Il tendit son billet de vingt euros et partit à la chasse aux infos.

Quelle désillusion !

Toute cette route pour conclure que l'ecclésiastique n'avait jamais mis les pieds dans cet établissement de fortune voué à la luxure de la gent d'aujourd'hui. Fatigué par le vacarme ambiant, la bouche pâteuse d'avoir bu trop d'alcool frelaté, les fringues salies par la poussière soulevée par les danseurs, il n'avait qu'une hâte c'était de foutre le camp. Il ressortit le bloc-notes de sa poche et tituba vers la sortie.

Il lut péniblement les flèches qu'il avait tracées, étant ébloui par sa propre lampe. Il se goura une fois de chemin, et finit par apercevoir une entrée qui déboucha à vingt mètres de celle qu'il avait empruntée au départ. L'air frais lui fouetta le visage, mais cette stimulation ne suffit pas à le dessoûler.

Il s'écroula sur le siège conducteur. Il se tourna vers la banquette arrière, ne trouva pas sa bouteille d'eau plate, remarqua une forme étendue avec deux prunelles jaune et vert qui le regardait avec intensité, réalisa que ce n'était pas son véhicule, et sortit avant de recevoir la griffure du docile matou.

Le terre-plein s'étant rempli depuis son arrivée, il avait pris possession d'une autre Citroën grise que le propriétaire n'avait pas verrouillée. Il monta dans la sienne, trois bagnoles plus loin de celle qu'il venait de quitter.

Bon Dieu, je l'ai échappé belle ! s'exclama-t-il dans l'habitacle.

Ce fut les dernières paroles qu'il prononça à quatre heures du matin avant de ronfler, bouche ouverte, donnant la réplique au ronronnement de son copain d'un soir : le chat noir d'à côté.

21

19 heures 30. Strasbourg.

Hendrick Schuler ne décolérait pas devant son téléviseur depuis qu'il avait entendu ce qu'il n'aurait jamais dû entendre. Il eut soudain la sensation désagréable que la pièce rétrécissait. Il allait manquer d'air dans son clapier, une petite baraque de quarante-cinq mètres carrés dans laquelle vivait ce célibataire endurci. Construite sur une parcelle de vingt ares, le terrain lui permettait le stockage des stères, du Berlingo vert, du tracteur Ferguson et de la remorque.

Il était survolté et gueulait en gesticulant au milieu des coussins de son canapé trois places, lesquels coussins, vautré au milieu d'eux, servaient à lui caler le dos après avoir manié la tronçonneuse toute la journée. Il invectivait le présentateur à chaque vidéo. À la fin du journal, il éprouva le besoin impérieux de boire une Kronenbourg bien fraîche, histoire de calmer ses nerfs. Il se retint pour ne pas balancer la bouteille de bière qu'il avait l'intention d'avaler, le décapsuleur et la capsule avec, en direction de l'écran plasma. Des bulles effleurèrent dangereusement le goulot. Il retint son geste de justesse. Il n'allait quand même pas bousiller sa superbe téloche pour un coup de sang, et ses fringues aussi. Apparemment, l'annonce avait déjà été diffusée sur « France 3 Région » à 13 heures, mais comme il bossait en forêt, il ne l'avait pas vue et voilà que le speaker avait remis le couvert à une heure de grande écoute, le faciès réjoui d'annoncer les emmerdes. Chaque phrase prononcée avait remué le couteau dans la plaie.

L'accès de colère passé, il ôta son tee-shirt trempé de sueur, s'épongea le front avec, le lança sur la table basse en pin et convergea ses neurones vers la chronologie de ce qui aurait dû se produire. Le récit qu'il avait écouté lui prouvait le contraire.

Comment Adaric a-t-il pu se faire occire ? se demanda-t-il. Faut-il être idiot pour tomber dans un piège alors que, moi, le chef de la bande d'Alsace, exécutant l'ordre du cerveau, j'ai planifié la mission de A à Z. C'était à la portée de n'importe quel imbécile. Il suffisait de suivre le déroulement à la lettre de mes indications. Je lui avais pourtant précisé que je ne voulais aucune initiative personnelle quand j'ai vu son impatience à me montrer ses talents. Tu parles d'un talent ! Le voilà comme un con raide mort, le Wollenschlager ! Sans compter qu'il va falloir que je me déplace, que je me renseigne et, cerise sur le gâteau, que je rende des comptes sinon c'est moi qui saute. Autant distribuer les représailles avant de les subir moi-même. Les autres abrutis ont intérêt à m'obéir au doigt et à l'œil dorénavant. Il faut vraiment que j'en discute avec Ernst avant demain.

— Allô, Schneider ?
— Ouais.
— C'est moi, Hendrick. Il faut que je te parle.
— C'est urgent ?
— Impératif.
— Ce soir ?
— Ouais.

— OK. Tu peux rappliquer, vieux, je ne bouge pas de la piaule.

— Je suis chez toi dans une heure.

— Ça marche. Je te mets une « Schwarzbier » au frais.

Tee-shirt propre à manches longues. Pantalon crade. Bottes boueuses. Senteur de bouc dans le Berlingo.

La dépression qui sévissait dans le centre de la France s'était déplacée vers l'Est au cours de la journée, amenant nuages et vent. Les éclairs zébrant le ciel en début de soirée s'étaient transformés au fil des heures en un violent orage. L'eau cinglait tout ce qui passait à sa portée, impitoyable dans sa férocité à empêcher les automobilistes à poursuivre leur route. Les virages surgissaient du néant à la dernière minute. L'obscurité régnait en maître dans les forêts traversées. Les arbres tendaient dangereusement leurs branches foudroyées vers le bitume, pantins disloqués à la mercie de la violence des gouttes.

Noir d'encre et trombes d'eau.

— Quel temps à la con ! jura Hendrick dans l'habitacle. Un jour, on crève de chaud ; le lendemain, on se les gèle avec dix degrés de moins au thermomètre. Foutu temps détraqué. J'y vois que dalle et je n'ai pas l'intention de ralentir. Ça passe ou ça casse.

Soixante minutes de pensées ruminées sous une pluie battante.

Soixante kilomètres à rouler les phares allumés au mépris des véhicules croisés en sens inverse, les essuie-glaces enclenchés à la vitesse maximale qui peinaient à évacuer le rideau s'abattant sur le pare-brise.

Ça avait passé avec quelques frayeurs pour ceux d'en face, surtout dans les courbes en frôlant les ravins. À 21 heures, il se garait dans la cour du château situé aux environs de Baden-

Baden, vestige d'une splendeur du quinzième siècle. Sur les quatre tours rondes d'antan, il n'en restait qu'une seule accolée à un corps de ferme bâti par la suite. Le pigeonnier servait de poulailler à une dizaine de volatiles. Trois tracteurs étaient garés sous un hangar en tôles. De la lumière filtrait à travers les rideaux ; effectivement, le viticulteur était chez lui et non dans ses vignes à évaluer la qualité des raisins avant la future vendange.

Trempé jusqu'aux os, le ciré ruisselant, Hendrick entra sans frapper, pénétrant directement dans la spacieuse cuisine, se doutant que Ernst ne se précipiterait pas pour l'accueillir. Lui, c'était le larbin ; Ernst, c'était le chef au-dessus du chef ; respect.

La pièce l'impressionnait à chaque venue. Le Strasbourgeois jalousait la table en chêne, les bancs et la cuisinière à bois en fonte émaillée de l'Allemand. L'ameublement symbolisait à ses yeux une réussite et une lourdeur sécurisante.

— Alors ? Qu'est-ce qu'il y avait de si urgent ? questionna Ernst en ouvrant son frigidaire.

— Je résume, dit Hendrick en accrochant le vêtement qui gouttait au portemanteau de l'entrée. Un de nos gars a été tué au lieu de l'autre.

— Quoi ? Je n'en ai pas entendu parler, s'étonna Ernst en s'asseyant d'un côté de la table.

Hendrick Schuler imita son hôte en posant son cul sur l'autre banc, face à lui. Il posa lui aussi ses coudes sur la table et déclara la gorge nouée : « Normal. C'est à 400 bornes de la frontière ».

— Les flics peuvent remonter jusqu'à nous ?

— D'après ce que les médias racontent, je ne crois pas.

— Tu ne crois pas ou tu en es sûr ?

Hendrick Schuler déglutit en cogitant. Il tergiversa un millième de secondes, essuya la mousse au coin de ses lèvres avec sa manche et décréta de jouer franc jeu. Il se méfiait des réactions imprévisibles du chef.

— Je n'en ai pas la moindre idée. La télé parle d'un cambriolage qui aurait mal tourné. Le journaliste évoquait tout à l'heure la possibilité d'un règlement de compte entre deux voleurs.

— Ce serait bon pour nous que tous continuent à le croire. Va vérifier.

— Maintenant ?

— Je ne suis pas un salaud. Finis ta bibine et tu te tires ensuite. Sur place, tu prends la température et tu m'informes toutes les trois heures.

— Demain aussi ?

— Reste là-bas trois ou quatre jours, histoire de savoir comment cela a pu merder autant. Je préviens Kaufman que tu arriveras dans cinq heures et que tu crécheras chez lui.

— Tu m'expédies chez les vioques ?

— Tu as une meilleure idée. Je t'évite quatre heures de bagnole à l'aller et autant au retour, et ça chaque jour, alors, un conseil, ferme ta grande gueule. Tu l'ouvriras quand je te le dirai. Tu es dans la merde et j'essaye de t'en sortir. Tu as délégué le job alors que tu devais assurer.

— C'est à cause du taf. C'est pendant l'été que je bosse le plus. Le mois d'août est la période des coupes.

— Je ne veux pas le savoir. Côté boulot, tu n'as qu'à embaucher quelqu'un ou prendre des vacances lorsque je fais appel à toi. Je dois savoir sur qui compter. Les clients doivent être moins importants que le groupe. Quand on est son propre patron, les clients, tu les envoies chier. L'hiver n'est pas à leurs portes. Ils peuvent attendre leurs livraisons une semaine de plus. Compris ?

— À tes ordres.

— Allez, tire-toi maintenant. Je t'ai assez vu. J'ai un appel à passer.

Hendrick Schuler ne pipa mot, posa la bouteille vide sur la table, récupéra son ciré qui n'avait pas eu le temps de sécher, leva le bras et partit.

Ernst Schneider se passa les doigts dans ses cheveux blonds coupés en brosse, faisant saillir son biceps par son geste. L'homme de trente-huit ans au visage glabre envisagea un instant une solution radicale : se débarrasser de l'incapable. Après ce qu'il avait entendu, il regrettait amèrement d'avoir embrigadé un métis dans son équipe. Hendrick Schuler était une jeune recrue ayant ramené du sang frais dans l'organisation poussive, certes, mais à quel prix ? Ça avait foiré à Rome, et il venait d'apprendre ce soir qu'en France, ça avait foiré aussi. Deux échecs cuisants en moins d'une semaine. Un record ! D'où provenait l'erreur ? La fougue de la jeunesse ? Le manque de formation ? Il composa le numéro la gorge nouée.

Mercredi 21 août

J +6

22

La vache ! Quelle gueule de bois ! J'en tenais une bonne hier soir !

Gilbert Grand émergeait lentement, la tête encastrée dans le volant, courbaturé d'avoir dormi dans sa bagnole. Un étau lui enserrait le crâne. Il jeta un coup d'œil au tableau de bord.

Flou.

Il avait donc eu le réflexe d'ôter ses lunettes de vue avant de s'écrouler, une précaution ayant franchi le barrage de son cerveau court-circuité par l'alcool. Il se mit en quête de les retrouver. Elles étaient coincées sous le frein à main.

Bon sang, j'aurais pu les écraser. Encore heureux que je n'ai pas eu l'intention de démarrer.

Il mit le contact. Pavarotti s'époumonait sur un air de « La Bohème ».

Quel mal de crâne ! Pitié, une aspirine avant que ma tête explose.

En éjectant le disque, son regard croisa l'horloge.

10 heures 32 ! Qu'est-ce que je vais pouvoir raconter comme excuse à la frangine ? La connaissant, elle a dû toquer à ma porte en ne me voyant pas descendre au petit-déjeuner.

Il se contempla dans le rétroviseur central.

Quelle tronche ! Des paupières gonflées. Des vaisseaux sanguins éclatés au niveau des iris. Des cernes. La langue chargée. J'ai la figure de l'ivrogne ce matin. Pour quelqu'un qui prêche la sobriété, c'est un comble. Comment est-ce que j'ai pu me mettre dans un état pareil ? Une stratégie de retour s'impose.

Il sortit de la Citroën, ouvrit le haillon, attrapa le bidon du lave-glace d'été et le rouleau de papier absorbant destiné à essuyer la jauge d'huile.

À la guerre comme à la guerre.

Toilette sommaire du visage pas rasé au liquide rose.

Rinçage de la bouche à l'eau plate ayant un goût de plastique ; il avait enfin mis la main sur la bouteille.

Défroisser les fringues.

Coup d'œil dans le pare-brise arrière.

Merde ! Ce n'est pas gagné ! J'ai toujours la tête du fêtard, visible comme le nez au milieu de la figure.

Incapable d'aligner deux idées à la suite, il manœuvra sur le terre-plein et s'engagea sur le sentier en étant persuadé qu'une heure de trajet effacerait en partie les stigmates de sa beuverie.

Il quitta la Nécropole de Cerveteri et rentra au bercail à une vitesse modérée.

Dès qu'il eut franchi les portes de la congrégation, elles se ruèrent sur lui, le harcelèrent avec leurs questions dont il n'arrivait pas à en comprendre le sens étant donné qu'elles parlaient toutes les deux en même temps, l'une coupant la parole à l'autre en haussant le timbre jusqu'à ce qu'il crie :

— Stop !

Phrases en suspens. Bouches ouvertes. Deux poissons hors de l'eau, les yeux exorbités par l'ordre émis.

— Allez manger, je vous rejoins après mettre décrasser, et commandez-moi un grand café noir en guise de repas.

Leur frénésie à vouloir innocenter le cardinal frise l'hystérie. Ce soupçon de suicide est devenu obsessionnel chez elles.

État nauséeux.

Douche glaciale.

Doliprane 1 000 mg.

À table, avec la migraine persistante, le détective n'était pas en mesure de lutter contre les agressions verbales, du moins était-ce ce qu'il ressentait puisque la douleur ne s'atténuait pas. Il abdiqua en narrant l'essentiel de sa virée, rayant de l'historique les agissements des troglodytes dépravés. Et comme elles avaient gambergé toute la matinée en tournant en rond dans le parc sans cueillir la moindre pousse, ce qui affirmait leur énervement à compter les minutes, il se plia à leur volonté d'envisager l'enquête sous un angle différent de celui des policiers romains, impuissant qu'il était à prendre une décision dans l'immédiat.

Deux caractères têtus à vouloir visiter la demeure de la victime.

Pas question qu'elles soient confrontées aux frusques de l'armoire. Sœur Marthe furètera partout dans la baraque. J'entendrai les gémissements : « Seigneur ! Doux Jésus ! » de pièces en pièces. Ce serait infernal.

Il eut un mal fou à les raisonner. Il était David s'opposant à Goliath, à son jumeau et à ses conjectures.

Direction le lieu du drame sous un soleil de plomb.

Gilbert Grand suivait le mouvement de la flèche sur l'écran du GPS de la Citroën, l'ouïe focalisée sur les conciliabules provenant de la banquette arrière. Il s'engagea sur le chemin forestier, se gara dans un renfoncement et coupa le moteur.

— On s'arrête là ? s'étonna sœur Marthe.

— Je préfère étudier le terrain en avançant jusqu'à la falaise. Un peu de marche nous sera bénéfique. *Surtout à moi.*

— Avec cette chaleur on va crever !

— Sœur Marthe ! Voyons ! On ne tient pas de tels propos ! Même à mon frère !

— C'est la vérité, sœur Agnès. Nous n'avons même pas de gourde. Vous y avez pensé, vous, à l'eau ?

— Heu... non.

— C'est bien ce que je disais, on va mourir de soif.

— Je ne crois pas, annonça fièrement Gilbert en brandissant la bouteille d'eau plate au goût de plastique. Nous la remplirons à une source.

Il verrouilla les portières en lançant à la cantonade : « En route, les éclaireuses ».

Vingt minutes à cheminer, la famille Grand devant, sœur Marthe à la traîne qui soufflait comme un bœuf.

— C'est encore loin ? Parce que la source, on ne l'a pas encore trouvée, et je doute que nous la trouvions.

— Au changement de végétation, je dirais que non. Les fourrés sont moins denses, répondit Gilbert en faisant un clin d'oeil à sa soeur.

— Cela fait des heures que nous marchons et j'ai beau regarder, je ne trouve rien de suspect. Les orages ont tout effacé.

— Persévérez, sœur Marthe, il y va de la réputation de notre cardinal. Songez aux obsèques qui se dérouleront la semaine prochaine.

— Écoutez sœur Agnès la voix de la sagesse, et je pense que vous serez délivrée de votre calvaire après cette montée. *En pente douce, les minutes se sont changées en heures.*

— Comment le savez-vous ?

— La vue est dégagée. Il n'y a plus l'ombre d'un arbre.

Sœur Marthe pressa le pas pour les rattraper.

La carotte, ça fonctionne toujours.

— Il y a des traces de roues encore visibles sur le sol, constata sœur Marthe.

— Affirmatif, mais je n'ai pas souvenance de l'avoir lu dans le rapport. La voiture a dû patiner à cet endroit, ce qui pourrait indiquer une hésitation à faire le grand saut dans l'inconnu. J'ai le pied sur l'accélérateur. Je suis indécis. La honte m'étouffe. J'ai sali l'institution que je représente. Je n'ai plus le choix. J'ai enclenché la première. J'avance par saccades. Confronté à l'échec, je recule et j'avance de nouveau en enfonçant la pédale. Les roues chassent la terre.

— Et ?

— Je bascule dans le vide. Je viens de me suicider.

— Oh non, non, non…

Le décor bucolique s'effaça. Sœur Marthe s'écroula dans l'herbe.

Espérance rompue.

23

17 heures à Rome.

Rien ne va plus, les jeux sont faits.

Gilbert Grand arpentait les seize mètres carrés de la chambre 110, son téléphone cellulaire à l'oreille.

Cinq sonneries. Rien.

Six sonneries. Rien.

Il perdait le contrôle de ses émotions. Il bouillait à l'intérieur de lui comme une cocotte-minute prête à exploser. Pourquoi jouait-on avec ses nerfs ? Cette sensation de n'être qu'un pion sur un échiquier manipulé au gré de l'humeur du joueur avait le don de l'agacer. Il ne se reconnaissait plus. Ce tempérament n'était pas le sien. « Où est passé ton légendaire flegme anglais ? » lui aurait fait remarquer sa sœur si elle l'avait vu dans cet état. Rome, la ville du farniente par excellence n'arrivait pas à le calmer. Il n'était pas d'humeur à se prélasser en dégustant un cappuccino. Rome, la ville des bondieuseries avec son représentant suprême qui se moquait de lui. Il n'aurait jamais dû venir. Il n'aurait jamais dû accepter cette soi-disant enquête primordiale dans un endroit idyllique où il perdait son temps et gaspillait ses congés. Trop de souvenirs refoulés remontaient à la surface, ceux-là même qu'il nommait l'engagement d'Anne-Marie. L'inconscient surpassait la conscience, et il allait devoir faire avec maintenant.

Sept sonneries. Il avait la rage.

À la huitième sonnerie, quelqu'un daigna répondre. Il retint la fureur qui circulait dans ses veines jusqu'à son cerveau lorsque la personne confirma l'absence du pape au Castel Gandolfo. Il raccrocha de suite en regrettant le bon vieux téléphone en bakélite qu'on pouvait envoyer valser sans le casser, et qui vous procurait la satisfaction d'avoir frappé en pleine figure votre correspondant à l'autre bout de la ligne.

Il claqua la porte de sa chambre, descendit par l'escalier, traversa le hall comme une fusée, grimpa dans la Citroën et se mêla aux autres conducteurs, jouant du klaxon à l'image des gens pressés de la capitale, vociférant des injures envers les motocyclistes sur leurs vespas qui frôlaient ses rétroviseurs latéraux.

Self-control enseveli dans les profondeurs de : « On agit avec moi en me flouant sans vergogne. Je ne suis pas un imbécile ».

Trente minutes d'intenses trépidations sur le siège conducteur.

Il se gara devant la porte latérale car il connaissait l'adresse secrète, cette dernière ayant été communiquée par la mère supérieure avant de rejoindre son couvent. Elle lui avait précisé qu'il ne devrait l'utiliser qu'en cas d'urgence et là, c'était urgentissime. Il confia au garde suisse le soin de garer son véhicule dans le parking privé de Sa Sainteté.

Il longea la galerie des portraits et, dans sa précipitation, faillit percuter le pape qui sortait de son bureau.

— J'ai été prévenu de votre arrivée imminente. Suivez-moi.

Gilbert Grand découvrit un ameublement moderne : fauteuil en cuir noir, bureau aux pieds en inox avec son plateau en plexiglas, des dessins d'enfant punaisés sur un mur, des livres sur des étagères en verre, du matériel informatique, et un curieux globe terrestre qui aiguisa sa curiosité.

— Un ingénieux système magnétique qui permet au globe de léviter. J'en possède trois. Ils contribuent à me pencher sur les problèmes de notre monde. Ils favorisent ma concentration. Des nouvelles ? questionna Sa Sainteté en l'invitant à s'asseoir.

— Rien chez les homophobes, les bars gays locaux et dans les environs, répondit Gilbert en restant debout, tressautant sur place. J'ai vérifié. Nous nous sommes rendus sur les lieux de l'accident. Il n'y a aucune trace de gomme sur l'asphalte. Imaginons un instant que le volant ait été tourné brusquement suite à une décision prise sur un coup de tête, nous aurions trouvé des traces de freinage, les collègues policiers de chez vous aussi. Or, il n'y a rien. En revanche, au niveau de la falaise, les pneus ont légèrement creusé le sol. J'y vois là une hésitation du cardinal qui nous amène à conclure à un suicide. J'ai d'ailleurs noté dans le rapport de police que vous avez eu l'amabilité de me confier, qu'il avait été mentionné que de l'or fondu recouvrait, en partie, le devant du squelette. Dans ce cas, une agression liée à un vol de bijoux qui se serait mal déroulé est mobile que j'exclus. Était-il, à votre avis, dans un état dépressif chronique ?

— C'était plutôt la quête d'un esprit encombré par de nombreuses interrogations.

— Du genre ?

— Cruciale. Si l'homme est à l'image de Dieu, et si l'homme est pervers, pourquoi n'attribuerait-on pas cet état à Dieu et non à Satan comme il est écrit dans les livres sacrés ? En tant que théologien, le cardinal Giordano cherchait des réponses, y compris dans les bas-fonds de notre capitale. Et notre volonté, qu'advient-il d'elle ? D'autant que...

Le visage passif laissait entrevoir le contour d'un sentiment confus. L'atmosphère s'obscurcissait dans les non-dits.

— Oui ?

— Le neveu du cardinal qui vit en France est homosexuel.

— Vous auriez dû me mettre dans la confidence avant que je ne commence à enquêter. Cela change l'angle d'approche et confirme l'acte suicidaire d'un ecclésiastique perdu reniant ses vœux. Cette mort relève du manichéisme. L'affaire est donc close.

— Nous ne pouvons l'entériner. Pensez au scandale. Cherchez encore. Donnez-vous jusqu'à la fin de la semaine.

— Nous comptions repartir vendredi.

— Dans ce cas, je vous invite à dîner demain soir avec nos deux amies. Nous bavarderons simplement sans évoquer le sujet qui nous préoccupe.

— Très bien. Je les avertirai.

Par habitude, le pape tendit l'anneau.

Gilbert Grand lui serra la main.

Il me roule dans la farine comme un cannelloni.

Il en avait ras le bol de tout ce cirque décortiquant la façon dont on devait mourir et être inhumé. Et ce « nous » ressemblait plutôt à un « je ».

Ras le bol du panégyrique.

24

Entre la joie qu'avaient éprouvée les deux religieuses en ayant appris l'invitation pour le lendemain et l'incompréhension ressentie par Grand en essayant de clarifier l'intrigue papale, une crevasse s'était formée. Elle était si profonde que le détective eut peur d'y tomber et profita de l'euphorie qui régnait dans la chambre 113 pour s'éclipser.

Il avait cherché un refuge non loin de la congrégation et l'avait déniché dans une ruelle en s'y rendant à pied.

Il mâchait lentement ses nouilles au gratin, savourant la touche d'estragon mêlée à la bolognaise et à la ciboulette hachée, raclant avec sa fourchette le fromage fondu sur les bords du plat, parmi les autres clients de ce restaurant qui ne payait pas de mine au premier abord. Et quelle surprise ! Des recettes cuisinées comme à la maison. Des vins du pays. Du local à l'assiette. Un régal !

Ceux qui sont autour de moi ne sont pas de banals clients, ce sont des connaisseurs !

Les papilles en alerte, il avala une gorgée de chianti Valpolicella. En marge du consommateur lambda, il avait réclamé juste un verre au lieu de la demi-bouteille suggérée par le serveur.

Je ne compte pas rentrer torcher ce soir. La cuite de Cerveteri suffit à mon palmarès. Ce n'est pas demain que je l'oublierai. Cette ville est envoûtante et perturbante aussi. Reste sur tes gardes, le détective !

Le vin tenait ses promesses. Une pointe de pétillant. Une touche de sous-bois et de mûres confondus. De la légèreté en bouche. Un palais aux anges.

Détendu, repu, Gilbert Grand repensa à la conversation de l'après-midi. Le neveu Giordano vivait donc en France, et en France, il n'y avait qu'une seule personne en qui il avait confiance. Grâce à cette personne, il acquérait la certitude d'une lignée honteuse cachée, dissimulée sous de faux artifices, tourment du cardinal au point de mettre fin à ses jours, contrariant ainsi la droiture du pape. Il consulta la carte des desserts, passa commande d'une part de Torta Tenerina et se décida à téléphoner en attendant son gâteau au chocolat.

— Allô, Jacques, ici Gilbert.

— Que deviens-tu, mon vieux ? Cela fait des lustres que nous te t'avons pas vu au commissariat ? Tu nous ignores ou quoi ?

— Je suis à Rome.

— En vacances ! Veinard ! Les miennes sont finies. J'ai repris le boulot il y a quinze jours.

— Ce ne sont pas vraiment des vacances.

— Raconte.

— Une pseudo-enquête sur un suicide qu'on me demande d'élucider en gardant en mémoire la thèse de l'accident. J'ai besoin d'approfondir une idée.

— Laquelle ? Dis-moi tout.

— La personne qui a été trouvée dans sa voiture suite à une chute de plusieurs mètres, et qui a brûlé avec elle est un cardinal ; et son neveu vit en France.

— Je vois. Pas de vagues. Cela ferait mauvais genre si ce que tu découvres va à l'encontre du politiquement correct.

— Exactement. On étouffe l'affaire dans l'œuf avant qu'elle ne soit divulguée. J'ai besoin que tu me confirmes l'adresse du neveu. Après, je me débrouille quand je rentre.

— Dis-moi son nom, je note et je t'appelle demain dans la matinée.

— Le nom de famille du cardinal est Giordano. Je n'ai pas le prénom du neveu.

— J'ai une affaire sur le feu avec ce patronyme. Une sombre histoire de cambriolage qui a mal tourné. Il faut m'en dire plus.

— Éventuellement, je peux me renseigner ce soir.

— OK. Vas-y et tu me rappelles.

— Merci vieux, à tout à l'heure.

Quinze minutes plus tard, le diagnostic tomba.

— Merde ! C'est mon Gus !

— Le cambriolage ?

— Affirmatif. Il y a eu un mort à la piaule et le proprio est dans tous ses états. Alberto Giordano n'est pas ce que j'appellerai un courageux. Il fait dans son froc depuis.

— Il y a de quoi. À ton tour de raconter.

— Le Giordano est un amateur d'art. Il achète et revend en toute légalité selon ses dires. D'après nos vérifications, il semble réglo. Il est connu dans le milieu. On mise sur une rixe entre voleurs. Le cas classique du partage où les belligérants s'empoignent concernant le magot sauf que, dans ce cas, cela s'est passé au domicile du mec cambriolé. On a un trauma crânien avec un objet contendant, du sang coagulé sur le cuir chevelu, des objets emportés et pas d'arme sur les lieux, tu connais la suite, je ne t'apprends rien.

— Conséquent, le butin ?

— Je n'ai pas l'estimation en mémoire. Notre homme estime le montant à quelques centaines d'euros, voire un peu plus. Des choses faciles à recaser, rien d'exceptionnel. Se bagarrer pour ça au point d'occire l'autre, il faut le voir pour le croire.

— Envoie-moi la liste par e-mail. Si ça peut t'aider, je chinerai dans Rome demain.

— Pourquoi pas ? Une erreur dans le circuit est toujours envisageable. Mais je doute que ce soit la raison de ton appel. Qu'est-ce que tu voulais savoir avant que nous ne déviions sur le meurtre ?

— Les mœurs du neveu.

— Ah ! Nous y voilà ! Ton cardinal, il en est aussi ?

— Je cherche à le confirmer.

— Enlève-toi le doute.

— Et bien, je pense qu'en haut lieu ce verdict ne va pas plaire.

— Qu'il plaise ou pas, c'est un fait. Les chiens ne font pas des chats. En ce qui concerne la liste, je dirai à Morgane de te la communiquer. C'est elle qui a noté les objets manquants dans l'appartement.

— Elle est revenue ?

— Après son passage chez les stups où bosse son mari, et son année sabbatique cause maternité, ouais, elle est de nouveau chez nous. Mathieu promu capitaine est parti et nous l'avons récupérée.

— Je l'aime bien cette petite. Elle possède un œil de lynx qui repère ce que nous ne voyons pas, aveugles que nous sommes.

— Le sixième sens féminin.

— La méticulosité.

— Aussi. Passe nous voir en rentrant.

— J'y compte bien. J'aurais plaisir à la revoir.

— Et nous avec.

— Sûr. Allez ciao, Jacques, et merci.

— Il n'y a pas de quoi. À charge de revanche, Gilbert. À la revoyure !

La nouvelle avait enfoncé le clou.

Comment Sa Sainteté réussira-t-elle à nier les faits dorénavant ? Le psychiatre Katz disait à ses élèves : « Tout être humain naît avec le gène du suicide. Chez la plupart d'entre nous, ce gène demeure latent ». Il suffit d'une étincelle et l'esprit s'enflamme.

Jeudi 22 août

J +7

25

Les nuages portaient sœur Marthe et sœur Agnès. Une douceur cotonneuse les enveloppait depuis la veille. « Le nombre treize de notre chambre a changé. Il est devenu notre porte-bonheur », claironnait une sœur Marthe convertie dans la rue.

— Vous avez votre liste ?

Sœur Agnès se tourna vers celui qui s'énervait.

— Qu'y a-t-il mon frère ? Tu sembles anxieux. Tu as le front plissé.

— Il y a que c'est le deuxième magasin d'antiquités d'où nous sortons et vous n'êtes pas attentives aux choses qui vous entourent. Notre trio se résume au chiffre 1. Vous êtes dans la lune toutes les deux. Redescendez sur terre où nous n'aurons jamais exploré la totalité des boutiques d'ici ce soir.

— Mais si, je t'assure, on chine.

— Justement ! J'ai épié vos manières de chiner. Vu qu'il est encore tôt, je propose que nous entrions dans cette brasserie et que nous révisions nos priorités.

L'endroit était accueillant et chaleureux. Des lampes imitation Tiffany sur des tables massives en orme. Des banquettes en cuir vert foncé. Des plafonniers en verre teinté au-dessus du comptoir. Des paysages du dix-neuvième siècle peints sur bois fixés aux murs. Musique classique en fond sonore.

Gilbert Grand ajusta ses lunettes de vue, s'essuya la barbe qu'il laissait repousser — il l'avait rasée pour les besoins d'une enquête la semaine avant de partir —, déplia la feuille confiée à sa sœur, avala son café, poussa sa tablette en direction des deux religieuses et énuméra le contenu de ladite liste en faisant défiler les images sur l'écran tactile.

— Retenez les photographies. N'oublions pas que ceci est un prétexte pour engager la conversation et soutirer un maximum d'informations au vendeur. Nous avons donc : deux tabatières chinoises en forme de flacon en pâte de verre blanc comprenant un motif de feuilles rouges en relief d'une grandeur d'une main et...

— Des feuilles rouges ?

— Si vous commencez à m'arrêter, sœur Marthe, je ne vais pas arriver au bout.

— Mon frère a raison. Laissons-le nous montrer une nouvelle fois ces photos.

— Donc, en numéro deux, nous avons à repérer, toujours en verre, une sorte de coupe à champagne transparente avec un pied torsadé, en trois un vase signé Gallé de couleur beige avec des magnolias à la corolle violet clair et tige jaune...

— Une tige jaune ?

Gilbert Grand lança un regard noir vers celle qui désobéissait.

— Je reprends l'énumération. En numéro quatre, un autre Gallé à décor de narcisses dans des tons de gris. Une remarque ?

Sœur Marthe piqua du nez dans son chocolat chaud.

— Ensuite on change de registre. Le voleur a emporté une petite cruche en argent, une théière et son sucrier, un candélabre martelé de Van de Velde...

— Le compositeur était aussi un créateur de vaisselle ?

Remarque pertinente.

— Non, pas Ernest, sœur Marthe, mais Henry. Van de Velde est un nom très commun en Belgique et aux Pays Bas. Je continue : une coupe de fruits elle aussi en argent incrustée de saphirs...

— Ah ! Quand même ! Enfin un objet normal ! s'exclama sœur Marthe en engloutissant un morceau de croissant avant que le détective ne la réprimande.

— Et pour finir, le voleur a jeté son dévolu sur le bijou d'un créateur anglais signé Partridge en or, émail et pierres fines, à la forme très particulière comme vous pouvez le constater sur l'image agrandie.

— Que représente-t-il mon frère ?

— D'après les explications d'Alberto Giordano, c'est une suite de libellules. À l'époque, son prix était modique, c'est pourquoi, mon ami, le capitaine Dupuis que nous aidons en ce moment, pense le retrouver via internet. Concernant le reste ce sera au petit bonheur la chance. Vous les avez mémorisés cette fois-ci ?

Hochements de tête significatifs

— Alors, nous reprenons la chasse jusqu'à midi, puis nous aviserons.

La foule était dense, compacte. Les rues piétonnes grouillaient de monde. Au niveau des halles, quelques personnes s'attardaient sur des stands de vêtements en tous genres tandis que d'autres préféraient tâter les victuailles. La nourriture du terroir côtoyait les tenues estivales. Dans une vitrine de boucher, des lapins et des poulets étaient suspendus par leurs pattes au-dessus des pièces de bœuf et de porc. Le tablier maculé de taches rouges de l'artisan renvoyait à l'époque des bourreaux. Le billot ensanglanté répandait son crime. Sœur Marthe eut un mouvement de recul et percuta le détective à l'arrêt, exigeant que la troupe s'éloignât de cette vision morbide.

Vers onze heures, les boutiques des antiquaires étant épuisées, le trio s'attaqua à celles des brocanteurs et des dépôts-ventes.

Chez l'un d'eux, prétextant l'achat d'un objet dans le style art nouveau, cadeau pour un ami français collectionneur, le nom Giordano fit tilt. Le commerçant vénal et servile à souhaits fut prolixe en renseignements. Il ne tarissait plus d'éloges au sujet des Giordano issus de la lignée des Giustiniani qui avait demeuré longtemps dans la capitale avant de s'en éloigner. En écoutant différentes anecdotes, le trio apprit la vocation ancestrale de cette illustre famille. Mécène envers les arts picturaux, cette dernière avait au cours du seizième siècle acquis la première version du tableau « Saint Matthieu et l'ange » peint par Caravage que l'abbé Giacomo Crescenzi, son commanditaire, avait refusé catégoriquement. En revanche, la deuxième version dudit tableau fut acceptée. Elle put rejoindre l'ensemble des œuvres ornant la chapelle Contarelli à l'église Saint Louis-des-Français et être payée. La vocation du mécénat était née au sein des Giustiniani que les descendants perduraient aujourd'hui. D'ailleurs, le cardinal Giordano avait acquis une miniature sur porcelaine exécutée par son petit-fils, artiste prometteur selon ses enseignants, un prodige de seize ans qui fréquentait l'école des Beaux-Arts de la Via Pasquale.

Changement de cap dans le cerveau du détective.

Ne pas me rendre à la demeure du cardinal semble avoir été une erreur. J'aurais mieux cerné le personnage.

Sur le trottoir, collé à la vitrine, Gilbert Grand se dépêcha de joindre la curie à l'aide de son LG pendant que sœur Marthe était en train de marchander sur le prix d'une babiole, enfin le supposa-t-il à la vue de ses gestes implorants. Elle soupesait deux articles à la façon d'une maraîchère estimant le poids de ses légumes. Ici, elle pesait la valeur des objets et ses piécettes sous le regard contrarié de sa colocataire et celui du marchand qui adopta une attitude affligée. Gilbert Grand mit fin à la négociation en les interpellant sur le seuil de la boutique. Son rendez-vous avait été accordé pour 14 heures tapantes.

Conjecture à vérifier.

26

Selon l'équation mathématique irréfutable : si A = B, et si B = C, déduction logique A = C ; en appliquant ce raisonnement, on peut dire que la question s'apparente à l'équation : « Si l'homme est à l'image de Dieu, et si l'homme est un pervers, alors Dieu est-il un pervers, ou pas ? ».

Gilbert Grand avait lâché sa bombe à la fin du repas entre le fromage de brebis et la tarte aux pommes. Les deux religieuses en avaient pour l'après-midi à débattre sur le sujet hautement philosophique. Il était 13 heures 40 ; il avait l'estomac rempli à en faire péter les boutons de la chemisette froissée ; il les quittait l'esprit serein, partant vaquer à ses occupations en toute tranquillité.

14 heures 30. Cinq mètres sous terre.

Il suivit le flot de personnes qui louchait sur les panneaux verts indiquant la sortie. Il quitta sans l'ombre d'un remords l'air étouffant du métro et les effluves empestant les wagons causés par la promiscuité humaine. À l'air libre, il emplit ses poumons des gaz d'échappement des engins à moteur qui circulaient autour de lui avec l'étrange sensation d'une liberté retrouvée, comme si la contrainte du souterrain avait été un ensevelissement dont il avait pensé ne jamais pouvoir y réchapper. S'il s'était écouté, Gilbert Grand aurait crié au monde entier sa reconnaissance à contempler de nouveau le bleu du ciel.

Foutue claustrophobie dont je n'arrive pas à me défaire. Comment vais-je y remédier tout à l'heure ?

Tel était l'état dans lequel il se trouva lorsqu'il fut introduit par l'archiviste dans l'ascenseur descendant vers les entrailles de la terre. Un homme avare de parole. Un détective volubile pour deux, masquant par sa logorrhée l'angoisse d'être enfermé sans l'ombre d'une issue.

Troisième sous-sol.

À l'ouverture des portes, Gilbert Grand bondit, oublieux des étages franchis dans le sens inverse de sa normalité à lui et à lui seul, se jetant corps et âme dans le temple des écritures. La découverte de l'immense trésor que renfermait la cité expédia son anxiété dans les oubliettes de sa phobie.

Sur deux niveaux, des mètres et des mètres de rayonnages. Des centaines de manuscrits et de parchemins. Des milliers de volumes anciens. À perte de vue, des reliures en cuir dont certaines avaient été dorées à l'or fin. Des livres récents aussi, en témoignaient leurs couvertures. Au bout du long couloir, on accédait à chaque niveau par un monte-charge. Des rambardes en plexiglas empêchaient le lecteur de chuter dans le vide.

L'archiviste guida le quémandeur vers un ordinateur central tout en lui indiquant les autres salles dans un mouvement de bras digne d'un orateur. Ce dernier précisa qu'il n'aurait qu'à l'appeler par l'interphone relié à son bureau lorsqu'il aurait fini.

Subjugué par les ouvrages à portée de main qui recelait un savoir ancestral qu'une vie ne suffirait pas à en déceler tous les mystères, Grand maîtrisa la panique qui l'avait assailli dans l'ascenseur maléfique et commença à taper sur le clavier le mot

Giustiniani. Des dizaines de documents s'affichèrent sur l'écran. L'étude pouvait démarrer.

Montée – Descente.

Montée – Descente.

La pile de livres qui étaient posés sur la table devant lui grandissait de minutes en minutes, avide qu'il était d'acquérir les connaissances recherchées. Les bouquins relataient au fil des pages lues les exploits de l'illustre famille romaine déjà évoquée par le brocanteur. En revanche, ce qu'avait omis de raconter le marchand était le don du tableau au musée Kaiser Friedrich de Berlin au dix-neuvième siècle, lequel tableau avait été détruit au cours de la seconde guerre mondiale lors d'un bombardement.

Une bonne action réduite à néant, mais d'après ce que je lis, les descendants ont perpétré l'acquisition d'œuvres artistiques. La généalogie des Giustiniani et des Giordano s'accompagne de legs réguliers, années après années, aux églises italiennes, mais aussi au-delà des frontières européennes, ce qui confirme l'orientation du neveu français vers un métier qui assouvit une telle passion. Sculptures, peintures, design, les trois domaines s'apparentent à un amour viscéral. Je rejoins la déduction de Jacques : le vol, sauf que le montant à retirer du vol est dérisoire. Et pourquoi s'en prendre à l'oncle puisque ce dernier ne semble pas posséder de biens à grandes valeurs marchandes d'après la description faite par les policiers romains lorsqu'ils ont recensé le mobilier dans sa demeure, et que rien n'a été volé d'après ce qu'a raconté la voisine qui s'occupait de ses repas. Il n'y a pas eu d'effraction comme chez son neveu, donc j'en déduis qu'il n'y a aucun rapport entre les deux faits. Je suis influencé par ce qu'on veut me faire croire et me faire dire afin de cacher la vérité, une vérité difficile à digérer. Il faut creuser, encore et toujours, afin de désensabler la cause ensevelie dans le désert des hypothèses. Pour le plaisir de fouiner, de feuilleter ces pages enluminées à laquelle je n'aurais plus accès par la suite. Je vais continuer jusqu'à la fermeture.

À 17 heures 30, Gilbert Grand appuya sur le bouton de l'interphone.

27

Mercredi après-midi, il avait été vu à la Basilique Saint Pierre, et avait disparu aussitôt entre deux portes.

Jeudi matin, il était resté reclus au Castel Gandolfo, refusant les tentatives d'audience de gens catalogués « personnages importuns ».

Jeudi après-midi, il avait fait une apparition à l'église Saint Pierre aux Liens sans que son entourage ait eu connaissance de celle-ci au préalable, ce qui avait enflammé les réseaux sociaux.

Sa Sainteté avait la bougeotte et, malheureusement pour lui, ses déplacements n'étaient pas passés inaperçus aux yeux des fidèles qui s'accrochaient à sa soutane comme des sangsues. De quoi faire frémir le service de sécurité et dérouter les gardes suisses. Le protocole avait volé en éclats en moins de quarante-huit heures. C'était à y perdre son latin !!!

Maintenant, il se préparait à recevoir la famille Grand et sœur Marthe dans ses appartements privés à la Basilique Saint Pierre, ce qui perturbait, un peu plus, une curie en émoi.

Dans la salle à manger austère — mobilier en chêne massif aux lignes droites épurées, lustre en laiton avec des ampoules électriques en forme de flamme, gravures de la Rome antique accrochées aux murs blancs, verres à pied en cristal finement gravés évoquant les scènes de la passion du Christ, couverts en argent estampillé et assiettes blanches au filet d'argent sur le pourtour — un calme relatif régnait. Le dos droit, les coudes le long du corps, les deux religieuses osaient à peine utiliser la cuillère de service dans le plat en argent.

Question simplicité, c'était raté !

Croyant mettre à l'aise ses invités, le pape avait congédié le serveur habituel. Il avait souhaité une ambiance détendue et, pour ce faire, il s'emparait des mets préparés arrivant directement de la cuisine par le passe-plat situé à côté du vaisselier. On entendait la poulie qui grinçait à chaque montée et à chaque descente, seule présence vivante parmi les quatre convives.

La mayonnaise ne prenait pas. On s'ennuyait à mourir entre gens de bonne compagnie. C'était pire que dans un carmel — il n'y avait pas de lectrice à écouter — quand, soudain, sœur Marthe, les joues rosies par l'outrage qu'elle allait commettre, brisa le silence en s'exclamant :

— Oh ! Et puis zut ! À bas les convenances ! C'est trop bon ! Nous n'allons pas gâcher cette délicieuse nourriture que nous offre le Seigneur !

Et d'un geste décisif, la revendicatrice plongea la cuiller dans la soupière fumante en faïence tout en tirant le récipient vers elle. Les fonds d'artichauts, les épinards et le filet de lotte atterrirent dans son assiette et furent recouverts d'une grande quantité de sauce Mornay. Ensuite, elle subtilisa la panière à pains et posa à sa gauche deux tranches de l'épaisseur d'un doigt qui fleuraient bon le levain. Elle voulait saucer.

L'atmosphère changea du tout au tout. On se détendit enfin. Au fromage, le vin rouge aidant, on riait aux éclats des anecdotes grivoises du détective sans pour autant trahir le secret professionnel. Au dessert, Gilbert Grand ôta sa veste, desserra sa cravate, et profita de cet état de grâce pour placer, innocemment dans la conversation, ce qui le préoccupait et qu'il n'avait pas pu aborder jusqu'à présent. Il lança sur une humeur débonnaire : « Travailler avec ou sur le malheur d'autrui est-il salutaire dans le monde dans lequel nous vivons ? ».

Plouf ! Un pavé dans la mare !

— Personne n'allume une lampe pour la cacher ou la mettre sous un seau, déclara le pape en amenant la panière vers lui. Au contraire, on la place sur son support afin que ceux qui entrent voient la lumière. Nos yeux sont la lampe de notre corps. Si nos yeux fonctionnent normalement, alors notre corps est éclairé ; mais si nos yeux sont mauvais, alors notre corps est dans l'obscurité. Ainsi, prenons garde que la lumière qui est en nous ne soit pas obscurité. Si donc tout notre corps est éclairé, sans aucune partie dans l'obscurité, il sera tout entier en pleine lumière comme lorsque la lampe nous illumine de sa brillante clarté. Le nouveau départ devient un avenir, mais hautes sont les marches qui mènent vers la Lumière.

Et sur ces belles paroles, le souverain pontife enfourna une bouchée de pain avec un morceau de parmesan.

Alors là, je ne suis pas plus avancé dans ma quête. Ce n'est pas un projecteur qui m'éclaire à travers la compréhension subtile de ces phrases, c'est une veilleuse. Il noie la réponse dans un discours incompréhensible qui sert ses intérêts en songeant au suicidé, au même titre qu'un horoscope qui reste évasif afin que chacun d'entre nous y puise bonheur, tristesse et résolution à la lecture.

— Ces paroles furent celles qui jalonnèrent notre feu cardinal Giordano, spécifia-t-il après avoir avalé.

Bingo ! En plein dans le mille ! Et voici comment on retourne la situation à son avantage. J'aurais pu m'octroyer le titre de prophète moi aussi.

— En Afrique, un proverbe dit : « La force du baobab est dans ses racines » ; et un autre : « Trop de louanges amènent un chat à se prendre pour un lion », renchérit sœur Agnès.

Aucun rapport, la frangine !

— Et l'expérience est une bougie qui n'éclaire que celui qui la tient, annonça sœur Marthe qui ne voulait pas être en reste.

Je rêve ! Circulez ! Il n'y a plus rien à brûler ! La mèche a été consumée ! Comment peut-on dévier de la sorte ? Quelle habileté ! La question me paraît simple pourtant. Il faut croire que non.

— Justement, Monsieur Grand, avez-vous trouvé vos réponses dans nos livres ?

Et zut ! Grain de sable dans le rouage !

Deux têtes se tournèrent brusquement en symbiose vers celui qui était soumis à la question, des éclairs dans les yeux à le clouer au pilori. Les traits des visages marquaient la désapprobation à les avoir exclues d'une mission, ce matin même, en leur livrant une interrogation qui s'avérait être un leurre.

Une perche avait été tendue, Gilbert Grand s'en saisit à bras-le-corps avant qu'il ne coulât à pic sous les reproches qui ne tarderaient point à fuser s'il se taisait.

— Et bien, puisque vous abordez le sujet, j'ai pris connaissance de…

Vendredi 23 août

J +8

28

6 heures 20.

Les deux religieuses étaient à laudes pendant que Gilbert Grand dormait du sommeil des justiciers sur le ventre, une plume d'oie collée à sa narine droite qui se soulevait à chaque expiration. N'éprouvant aucune gêne, il rêvait. Il voguait sur une mer d'huile, longeant la côte méditerranéenne, bercé par le roulis, contemplant les vagues se brisant sur la coque du voilier, bien loin d'imaginer que ses voisines de chambre étaient en train d'expier en chœur leur bouderie de la veille au soir en récitant trois Pater Noster et deux Ave Maria dans la chapelle de la congrégation. Elles s'abandonnaient, à moitié endormies sur les bancs, murmurant les paroles sacrées avec un automatisme déconcertant les autres participants.

6 heures 30.

Maintenant qu'elles étaient sur le point de partir, l'appel du couvent vibrait en elles, carillonnant au lever du soleil dont les rayons provoquaient le rougeoiement du parc et leurs joues.

Exquis recueillement face au spectacle offert par dame nature.

Frissons de plaisir à revenir sur sa terre natale : la France.

Un coup d'œil échangé, une affirmation du port de tête, et deux robes grises disparurent derrière les buissons. Elles n'avaient pas de sécateur, encore moins une paire de ciseaux, seulement des mouchoirs qui se couvrirent de rouge en un quart d'heure — le rosier se défend comme il peut.

Les moyens du bord furent efficaces. Les poches gonflées de tiges cassées aux essences variées, — dans la précipitation, on n'est pas exigeant sur l'espèce et la variété —, elles s'engouffrèrent dans leur chambre en ignorant le salut poli de l'aristocrate s'appuyant sur une canne à pommeau d'argent qui occupait la 112.

— Vive la 113 ! Vive la 113 ! chantait sœur Marthe à 6 heures 50.

L'euphorie gagna aussi sœur Agnès qui partit en sautillant sur un air de polka réclamer des bouteilles d'eau en plastique à son frère, celui-ci en buvait toujours une par nuit. Elle avait fait le compte : cinq nuits, cinq bouteilles. Cela suffirait amplement. Les réservoirs remplis de flotte maintiendraient les boutures en parfaite santé, le tout empaqueté dans un sac de courses du supermarché que fréquentait le frangin qu'elle avait repéré dans le coffre de la voiture.

Sœur Agnès secoua la marmotte endormie du 110.

Le frère grommela : « Je n'ai pas mes huit heures de sommeil, Anne-Marie ».

Réponse percutante : « 1 250 bornes, 12 heures minimum à rouler, et je n'inclus pas les camions et les bouchons sur l'autoroute lorsque l'horloge approchera les dix-sept heures. Songe aux départs en week-end et aux retours des vacances, et j'exclus les accidents. Tu dormiras mieux ce soir ».

Lever vasouillard : « Sers-toi dans la salle de bains ».

Retour triomphant de la commissionnaire dans la 113.

La tige du rosier qui patientait dans le verre à dent rejoignit ses sœurs dans un contenant mieux approprié au transport de marchandises.

À 7 heures 30, le trio décolla, une Citroën chargée comme un baudet.

À 9 heures, on savoura l'expresso italien accompagné de biscotins.

À 12 heures, on avait oublié les pétarades des triporteurs, les klaxons des vespas, les cris des romains s'apostrophant dans la rue, les barreaux aux fenêtres des rez-de-chaussée censés protéger les habitations des voleurs, les tags et les mendiants.

À 15 heures, on chanta afin d'éviter l'endormissement postprandial du conducteur.

À 19 heures, on évoqua les souvenirs : la dentelle de marbre, les sculptures, les peintures, le palais d'été, et les cierges électriques.

À 21 heures, les nonnes s'assoupirent et le conducteur put songer à établir une nouvelle liste des priorités puisqu'il avait réussi à contacter son ami Jacques lors d'un arrêt. Parfois, le silence est bienfaisant, pensa Grand. Il vogua sur un océan d'incertitudes jusqu'au couvent.

À 0 heure 18, il était à Laines aux Bois.

Enfin seul !

Samedi 24 août

J +9

29

8 heures. Troyes.

— Puisque je vous dis que c'est de la plus haute importance ! C'est une question de vie ou de mort ! Quand je pense que je me suis levé aux aurores afin d'être reçu le premier ; même que Bernard était étonné, car ce n'est pas courant chez moi. J'aime traînasser au petit-déjeuner, savourer mon croissant, et vous me dites que personne ne peut me recevoir. C'est inadmissible ! Vous avez gâché mon plaisir du matin !

— Ils ne vont pas tarder à arriver.

— Comment ça, pas tarder ? Et la vie du citoyen, vous la situez dans quelle tranche horaire ? Je suis un cas moins intéressant que celui d'un malfaiteur à vos yeux ? C'est cela, n'est-ce pas ? Oui, c'est cela ; votre silence vous accuse.

Le brigadier exprima un sourire figé en se demandant pourquoi le capitaine Dupuis avec lequel il avait pris un café dans la cuisine du commissariat avant de prendre son service ne venait pas à son secours. Il regarda sur sa gauche vers ladite pièce, mais il n'y avait personne dans le couloir.

— Vous savez qu'il est là !

— Mais non…

— Si ! Je vous ai vu le chercher du regard. Capitaine Dupuis ! Monsieur l'inspecteur !

Alberto Giordano s'agitait dans le hall comme un forcené, braillant et gesticulant à ameuter tout le quartier. Il portait le deuil de son oncle en s'étant habillé avec une tenue blanc cassé comme les Asiatiques, ayant horreur du noir et clamant, à qui tendait l'oreille, que le noir était l'anti blanc, l'anti réalité artistique ; et ce matin, le brigadier aurait bien aimé se boucher les oreilles, lui aussi, et fuir l'individu agité comme avait fait ses collègues. La lâcheté a parfois des relents d'amertume.

— Vas-y, Morgane.

— Pourquoi moi ? C'est toi qu'il réclame, Jacques.

— Si je l'ai en face de moi, je l'assomme pour le faire taire.

— Efficace.

— Ouais, mais anticonformiste.

— Pas faux.

— Alors ?

— C'est bon, je me dévoue, et tu m'en devras une.

— Promis, juré, craché. Tu veux lui apporter un café ?

— Excité comme il est, tu veux qu'il pète un câble ou quoi ?

— Comme tu veux. C'était idée de l'attendrir.

— Oh, et puis, pourquoi pas ?

Le brigadier tourna la tête en entendant des pas dans le couloir derrière lui. Il céda aussitôt sa place derrière le comptoir au lieutenant Duharec en remerciant le ciel d'avoir mis fin à cette scène grotesque.

— Charmante demoiselle aux mille couleurs qui vient à mon secours pour la seconde fois. Âme charitable qui m'écoutera, elle, dit Alberto en direction du brigadier en appuyant sur le mot « elle ».

— Je vous ai servi un petit noir sachant l'heure qu'il est. Suivez-moi, Monsieur Giordano.

— Je vous suis, n'ayez crainte. Vous ne pouviez pas savoir, mais le matin je déjeune avec une tasse de thé au citron et deux croissants, du Darjeeling, le thé, et si je n'ai pas d'agrume à ma disposition j'ajoute un nuage de lait. Pas n'importe quel lait. Du lait entier écoresponsable. Des revendeurs engagés auprès des agriculteurs ; il faut bien qu'ils gagnent un salaire décent et…

— Entrez, annonça Morgane en poussant la porte de son bureau qu'elle laissa ouverte à l'attention du capitaine. Asseyez-vous. Voici votre café, je n'ai pas de thé.

« À son image », tels furent les mots qui lui vinrent à l'esprit. Les teintes chatoyantes qui habillaient le lieutenant habillaient aussi les murs. Des classeurs rouges, jaunes, bleus et verts, s'exposaient sur les étagères métalliques, lesquelles étagères couvraient la quasi-totalité des murs, et pour agrémenter le décor deux plantes vertes servaient de serre-livres à des chemises cartonnées de couleur fuchsia. Un léger parfum de muguet flottait dans l'air, provenant d'une huile essentielle en train de s'évaporer sous la flamme d'une bougie. La pièce était une jachère fleurie à elle seule. De quoi faire fuir la sinistrose. Le résultat opérait sur Alberto Giordano. Les traits crispés du plaignant s'effaçaient avec lenteur, prouvant une fois de plus l'efficacité de l'aménagement.

— Cela ira avec du sucre. Vous avez mis du sucre ?

— Non.

— Tant pis, il sera fort, et c'est vous qui avez raison de le boire sans sucre. Bernard me le dit souvent : « Le sucre, il faut s'en méfier, il est traître ». Notre cerveau consomme surtout du sucre, mais une consommation abusive provoque le diabète et alors…

— Vous veniez nous voir dans quel but ?

Alberto Giordano se pencha vers le lieutenant qui assumait son rôle de confident docile.

— Je suis certain d'être suivi.

— Comment ça, certain ? Vous êtes suivi ou vous n'êtes pas suivi, Monsieur Giordano ?

— Comment vous dire ? Dès que je suis dehors, j'ai cette pénible sensation. Figurez-vous que l'autre jour en allant chez la boulangère Marianne qui a des pains exquis, — avec Bernard, on les a-do-re ; ils sont croustillants ; ils ont une mie aérée et la boulangerie a un choix dé-men-tiel. Si vous aimez le bon pain à l'ancienne, je vous conseille l'endroit. Pour y aller en partant de chez moi, c'est très facile. Vous tournez tout de suite à votre droite, vous longez…

— Monsieur Giordano, qui vous suit ?

— Ah oui, j'oubliais de vous la décrire.

— Une femme ?

— Non, la voiture.

— Quelle marque ?

— Je ne sais pas, je les confonds. Elles se ressemblent toutes. Les constructeurs ne font pas preuve d'originalité dans le design.

— Une berline ? Un coupé ? Un utilitaire ?

— Une petite, de forme rectangulaire, et verte, qui avance doucement lorsque je marche sur le trottoir, qui bifurque lorsque je traverse pour me rendre chez Bernard car j'y vais à pied. Ce n'est pas très loin et, surtout, j'applique le conseil de mon médecin qui préconise une marche quotidienne. Elle procure des bienfaits sur notre organisme, mais depuis que je l'ai remarquée, cette maudite voiture, j'ai peur. J'essaye de n'être jamais seul. Bernard est un amour. Il m'accompagne partout où je vais. Et je dors chez lui en ce moment. Tant que les réparations sont en cours, je ne rentrerai pas à la maison. Vous savez…

— La plaque d'immatriculation ?

— Oh, je ne l'ai pas notée car j'ai peur des représailles si je suis surpris en train de la relever. En revanche, j'ai repéré le logo Grand Est.

— Cela ne nous mènera à rien. Aujourd'hui, les véhicules gardent leur numéro d'identification. Quelqu'un qui habite dans le Nord peut posséder une voiture ayant été immatriculée dans le Sud.

Abattu par cette constatation, Alberto Giordano se tassa sur la chaise de la fonction publique.

— Et la personne qui conduisait, vous l'avez-vous ?

— Oh, ça oui ! Je m'en souviens très bien ! Les deux fois, c'était un homme de couleur.

— Donc, si je récapitule, vous auriez été suivi deux fois par une voiture verte immatriculée dans le Grand Est conduite par un homme à la peau foncée.

— Exactement, et depuis je suis constamment sur mes gardes. Je redouble de vigilance. Cela me demande un effort surhumain. J'ai l'impression de ressembler à une chouette avec une tête à 180 degrés.

Alberto Giordano se redressa sur son siège, ravi qu'on le prit au sérieux.

— C'est tout ?

— Oui.

— Bon, alors, ce que je vous conseille, c'est d'écrire sur une feuille de papier les chiffres et les lettres de la plaque la prochaine fois que vous verrez le véhicule, et de revenir nous voir avec vos notes. On interrogera le fichier.

— Et sur mon IPad, je peux ?

— Si vous voulez, du moment que vous agissez discrètement ; et je demanderai à l'équipe de passer devant chez vous pendant la ronde. Vous serez tranquillisé de cette façon.

— Et si je prenais une photo ?

— Discret, Monsieur Giordano, dans vos agissements.

— Parce que vous savez, avec ma tablette, je peux zoomer beaucoup plus qu'avec mon téléphone portable et...

— Venez, je vous raccompagne.

— Elle possède beaucoup plus de pixels. L'image est nettement meilleure qu'avec mon iPhone à l'écran plus petit. J'envoie toujours les photos prises avec mon IPad à Bernard quand j'ai besoin de ses conseils à distance. Est-ce que je vous ai dit que le métier de Bernard était expert en œuvres d'art ? C'est lui qui m'aide lorsque je suis indécis pour finaliser une acquisition.

— Au revoir, Monsieur Giordano, dit Morgane sur un ton péremptoire devant les portes coulissantes du commissariat.

— Vous avez une adresse e-mail ? Je pourrais vous adresser directement la photographie.

— Je préfère que vous veniez nous voir, lâcha Morgane en retournant à son bureau.

Le capitaine Dupuis l'attendait de pied ferme dans le couloir.

— Tu nous as guettés derrière la vitre ?

— Ouais. Tu prenais la sortie, je pouvais me montrer. Alors, tu en penses quoi ?

— Il n'est pas trop perturbé par la mort de son oncle, et il est persuadé qu'on le suit. Il se fait accompagner par son ami Bernard quand il sort. Il a la trouille.

— Et tu le crois ?

— Complètement parano.

— Je te l'avais dit.

— Dans le doute, j'envoie les gars chez lui, histoire d'avoir la conscience tranquille, sinon, il ne va pas nous lâcher.

— Bien vu. Fais le pendant quinze jours, il sera rassuré. Il faut qu'il voie la police à l'œuvre en roulant sous ses fenêtres dans la journée.

— Et après ?

— Après, on avisera. À chaque jour suffit sa peine. Viens avec moi, quelqu'un t'attend.

30

Après les banalités d'usage : « salut, ça fait un bail, content de te revoir, etc. », Jacques Dupuis s'était absenté deux minutes pour aller chercher sa collègue et, à son retour, il avait trouvé un détective pétrifié qui n'avait même pas songé à enlever son fidèle panama. Le couvre-chef sur le crâne, l'ancien gendarme n'arrivait pas à détacher son regard des visuels étalés sur le bureau du policier. L'horreur du crime était en parfaite harmonie avec le noir et le gris des classeurs, de l'imprimante, de la table, des chaises et de l'armoire industrielle. De quoi avoir le bourdon du matin jusqu'au soir dans un tel univers. Pas étonnant que le capitaine préférait être à l'extérieur au lieu de remplir la paperasse administrative. Vous ajoutiez à cela les barreaux aux fenêtres — on était au rez-de-chaussée — et vous obteniez le ticket gagnant pour la déprime.

— Tu reconnais Morgane, Gilbert ?

— Comment ? Tu disais ? Je ne vous ai pas entendus entrer, répondit Gilbert en se retournant vers les entrants. Bien le bonjour, lieutenant, la maternité vous embellit. Quel âge a le bambin ?

— Huit mois.

— Fille ou garçon ?

— Une petite fille qui s'appelle Julie.

— Et vous avez réintégré l'équipe. Un retour parmi nous depuis longtemps ?

— Trois mois déjà. Les stups, ce n'était pas pour moi. Je préfère la criminelle.

— Comme je vous comprends.

Gilbert Grand comprenait surtout le célibat et le refus de paternité. Laisser derrière lui une veuve et un orphelin n'était pas une option envisageable.

— Traquer le meurtrier, repérer les indices, assembler le puzzle, ça, c'est mon truc. Je laisse à Marc, mon mari, sa spécialité : les histoires de drogue et les planques aux heures décousues.

— En parlant de puzzle, justement, du nouveau chez Giordano, Jacques ?

— Que du vieux. Les recherches effectuées sur les sites de vente entre particuliers n'ont rien apporté de concret depuis notre dernière conversation, et pourtant nos algorithmes sont à la pointe. C'est le bide chez nos informaticiens. Idem chez nos receleurs et nos antiquaires.

— Négatif à Rome aussi, seulement la capitale n'est pas représentative du vaste monde.

— J'estime que nous avons assez perdu de temps comme ça. Autant chercher une aiguille dans une botte de foin. Nous avons déjà dû mal à retrouver un objet volé dans un musée, alors chez un particulier, c'est un vrai casse-tête chinois. Sans de nouveaux éléments à me mettre sous la dent, je vais devoir classer l'affaire.

— L'ADN ?

— Pourri. Complètement inexploitable. Le mec est un pro. On va en chier pour le retrouver, je te le dis comme je le pense. On laisse passer deux semaines suite au passage du neveu, et après, j'aviserai.

— Le neveu ? C'est lui que j'ai aperçu en arrivant ?

— Exact.

— Il semblait très en colère ?

— C'est un « perché sur les hauteurs ». Il aboie et ne mord pas.

— Il devient paranoïaque depuis le cambriolage, précisa Morgane. Il est persuadé que quelqu'un le traque jour et nuit. Le macchabée dans son salon lui a flingué le ciboulot.

— Ce sont les photos qui sont là ? demanda Gilbert en désignant le dossier sur le bureau.

— Affirmatif, et tu avais l'air très concentré tout à l'heure en les regardant. Tu as remarqué quelque chose ?

— Pas vraiment. Une sensation de déjà-vu. D'ailleurs c'est vague.

— Un modus operandi identique au temps de la gendarmerie ?

— Je ne crois pas, non, c'est autre chose. Il faut que je réfléchisse. Comme j'ai peu dormi cette nuit, je n'ai pas les idées claires.

— Si cela peut t'aider à retrouver la mémoire, étant donné que nous sommes dans le même bateau à bosser sur les membres de la famille Giordano, toi avec l'oncle et nous avec le neveu, je t'autorise à prendre un cliché avec ton téléphone portable. Motus, Morgane.

— Pas de souci, capitaine, c'est pour la bonne cause. On ne fait pas d'omelettes sans casser des œufs. Je pars dans mon repaire. Pas vu. Pas au courant.

Le lieutenant Morgane Duharec se sauva avant que le détective ne dégaine son LG.

Clic-clac. Dans la boîte.

— Aucun secret entre nous, Gilbert, je compte sur toi.

— Tu as ma parole, et si le Vatican m'annonce un rebondissement, je t'informe immédiatement.

— Allez, salut, je file. J'ai rendez-vous avec le juge pour une prolongation de garde à vue.

— La routine.

— Exact, la routine.

Gilbert Grand s'arrêta devant le bureau du lieutenant avant de partir. Il tenait à se documenter au sujet du neveu. Il franchit le seuil, agréablement surpris par la différence de cadre. C'était bien la Morgane qu'il avait connue.

— Je vais m'en aller.

— Revenez nous voir.

— Bien sûr. Dites-moi, vous n'aviez pas l'air convaincu des dires du neveu Giordano ?

— Avoir le sentiment d'être pris pour cible quand un malheureux automobiliste prend un itinéraire identique au vôtre, je ne dirai pas que c'est une argumentation convaincante.

— Souvent, la poursuite ?

— Deux fois.

— Effectivement, ce n'est pas beaucoup.

— Voilà.

Gilbert Grand regagna sa Citroën, tracassé. Son flair émettait des signaux de détresse en lui indiquant de se creuser les méninges.

Dès qu'il eut pénétré dans sa demeure, il accrocha son chapeau au perroquet de l'entrée, et fonça dans la véranda qui lui tenait lieu de cabinet. La vue sur le jardin était toujours un baume efficace. Ici, son cerveau fonctionnait à plein régime. Les feuillets concernant le cardinal étaient éparpillés sur le bureau tels qu'il les avait jetés en défaisant sa valise. Il les déplaça l'un après l'autre jusqu'à ce que ses doigts s'arrêtassent sur la photocopie ramenée des archives. La ressemblance était frappante. Il alluma son ordinateur, et nota l'adresse et le numéro de téléphone qui s'inscrivaient sur la page Google.

Le voyage continue, Gilbert. Et sans Jacques.

Dimanche 25 août

J +10

31

Cela n'avait pas été facile de tenir tête à sœur Agnès au cours du traditionnel repas du samedi midi. Les voyages formant la jeunesse, et la religieuse vantant sa vitalité, elle avait usé ses arguments sur le roc Gilbert Grand qui n'avait pas fléchi. Pourtant, il savait avec pertinence que le trajet serait moins long et moins fatigant que celui qu'ils venaient d'accomplir ensemble. Cette fois-ci, il ferait cavalier seul.

Troyes - Paris aéroport Charles de Gaulle - Berlin.

Départ prévu 11 heures. Arrivée 15 heures.

Moins de huit heures au compteur ; et, quantité non négligeable, il fainéanta quatre heures au-dessus des nuages. Temps couvert incitant à la rêverie, à critiquer ses voisins bruyants, à lire, à regarder un film ou à écouter la radio ; en bref, à s'occuper, les orteils en éventail.

À 15 heures 30, le taxi emprunta le pont en acier Monbijou enjambant la Spree et abandonna son passager devant la grille du musée Bode.

Gilbert Grand imita les touristes à côté de lui et bascula sa tête en arrière afin d'admirer plus facilement la coupole en verre qui formait le toit de la rotonde sur l'île des musées. La magnifique architecture, entourée d'eau avec ses hautes fenêtres conçues dans un style gothique, pouvait aussi s'apparenter à un temple renfermant un mystère à révéler, voire plusieurs, du moins était-ce son ressenti lorsqu'il pénétra dans le hall où trônait une statue équestre en bronze.

Un grand escalier sur la gauche desservait les différents étages. Gilbert Grand posa sa paume sur la rambarde en fer forgé aux multiples arabesques. Le métal était froid au contact. Il frissonna.

Au deuxième étage, il emprunta le couloir réservé à l'administration. Une porte était grande ouverte. Un homme d'une soixantaine d'années, assis derrière un imposant bureau de ministre aux pieds sculptés se terminant par des pattes griffues, étudiait un fascicule avec minutie. Il dévisagea le visiteur un instant, regarda sa montre et se leva d'un bond. Gilbert Grand le dévisagea aussi tout en ôtant son panama en guise de salutations. Personnage énigmatique vêtu d'un gilet marron glacé sans manche sur une chemisette beige, et d'un pantalon en toile de couleur crème. Une chevelure et une barbe blanches. Petit. Replet. Des yeux gris clair de myope.

Monsieur Othon Harriman, c'était son patronyme, officiait entouré d'armoires toutes aussi imposantes que le bureau avec leurs chapeaux de gendarme touchant le plafond. Il y en avait trois de chaque côté garnissant les murs. Elles étaient serrées les unes contre les autres sans le moindre interstice entre elles. Un plafonnier allumé au centre de la pièce procurait une lumière artificielle blafarde. Celle du jour, insuffisante, pénétrait dans la pièce par une petite ouverture vitrée donnant sur le fleuve. Atmosphère sombre et oppressante. Ce n'est pas étonnant qu'il laisse la porte ouverte, pensa le détective en avançant vers le conservateur.

— Heureux de vous renseigner un dimanche.

Vlan ! Prend ça dans les dents, Gilbert. Poli et direct l'allemand, mais ne préjugeons pas à l'avance. Voyons ce que le bonhomme me confiera.

— Ce dont je vous remercie grandement.

Reste courtois, Gilbert, quelles qu'en soient les circonstances, tel un loup glissant une patte blanche dans la bergerie afin de repartir avec son butin.

— Vous vouliez voir les dessins de Caravage conservés par le musée ?

Monsieur Harriman parlait distinctement le français, sans hésitation, comme si ce dernier était natif de France.

— C'est exact. J'aimerais approfondir mes connaissances sur ce peintre au passé tourmenté.

— Une vie tumultueuse serait le terme que j'emploierai en évoquant ce personnage du seizième siècle. Une vie qui se termina par une fuite après plusieurs accusations pour avoir infligé des coups à ses adversaires au cours de rixes à répétition qui lui valurent de nombreux jours de geôle. L'homme aimait se battre dans les tavernes et dans les rues. Il finira par mourir des blessures reçues, seul et fiévreux, échoué sur une plage entre Rome et Naples d'après les historiens, à l'âge de quarante ans. En résumé, un génie excellant dans les contrastes d'ombre et de lumière, des contrastes calqués sur ses aventures qui reflétaient une dualité intérieure entre un idéal terrestre et les fautes commises ; des erreurs qu'il expia à travers ses tableaux, notamment en peignant le célèbre « David avec la tête de Goliath » où il se mit en scène avant de quitter la cité napolitaine, et la série des « Saint Matthieu » réalisée à Rome.

— Justement…

— Je vous arrête tout de suite. Nous n'avons eu qu'un seul des trois Matthieu, et malheureusement, celui-ci a disparu avec la destruction du musée en 1945, mais vous le saviez déjà avant de venir je présume.

— Tout à fait, et selon les archives que j'ai consultées, il existerait des esquisses des versions postérieures.

— Si vous faites allusion à « Saint Matthieu et l'ange », nous possédons en effet dans nos murs quelques sanguines sauvées du désastre donnant à voir une recherche dans la posture de l'ange puisque c'est elle qui fût le problème épineux à résoudre. Caravage était un peintre de l'humain. Il peignait les œuvres bibliques à l'image des gens simples qu'il côtoyait. Cette interprétation très personnelle lui valut le refus de la première version, en partie à cause des pieds sales du saint que le commanditaire jugea comparable à un gueux et, surtout, à cause de la vulgarité de la posture de l'ange jugée triviale de par son drapé blanc qui lui donne cette impression de flotter dans l'air et de par sa main qui semble guider celle de Matthieu comme si ce dernier était incapable de trouver les mots à écrire dans sa lettre. En revanche, dans la deuxième version, celle qui se trouve toujours à Rome dans l'église de Saint Louis des Français, l'ange est maintenant au-dessus du saint. Matthieu semble maintenant inspiré par l'ange dans l'écriture de sa lettre et non le contraire. Quelques études sont effectivement dans notre réserve en sous-sol. Elles ne sont pas visibles par le public. Je vais vous y conduire. Prenons l'ascenseur.

Niveau -1.

Gilbert Grand apprécia la faveur qui lui était faite en pénétrant dans l'immense pièce garnie de caisses en bois, d'étagères et de meubles à tiroirs. Il emboîta le pas à son hôte dans ce dédale d'accumulations qui ressemblait plus à un garde-meubles qu'à un stockage d'œuvres artistiques.

Après plusieurs virages à angle droit, le conservateur s'arrêta devant une colonne d'une hauteur de 2 m 50 sur 1 m 50 de large comportant quinze tiroirs. Il tira vers lui le quatrième en partant du bas, enfila les gants en coton blanc qu'il avait emportés, et sortit un carton à dessins renfermant les précieux croquis qu'il posa sur une table non loin d'eux. Avec minutie, il défit les liens.

— Admirez la vigueur du trait trahissant la nervosité du maître à vouloir contenter le commanditaire après le refus essuyé.

— Il y en a plusieurs en votre possession d'après ce que j'aperçois.

— La difficulté à plaire a certainement nécessité ces nombreux essais à la sanguine et à la craie.

— Celui-ci est étrange. L'ange est proche de l'oreille du saint comme s'il lui soufflait les mots que Matthieu est en train d'écrire. Dans cet autre, le saint a la main levée, tenant une plume d'oie dans l'attente de quelque chose. Le geste est suspendu. Il semble nous décrire l'indécision à immortaliser les mots sur le parchemin et l'ange a disparu de la scène.

— Dans ce cas précis, l'ange n'est plus nécessaire. Les rayons du soleil traversant la fenêtre dans l'angle droit, éclairant de cette manière le visage de Matthieu, révèlent à eux seuls la présence divine.

— Une esquisse abandonnée au même titre que les autres.

— Il fallait crayonner beaucoup avant de soumettre.

— Aurait-il gardé les mêmes tons que dans le premier tableau pour ceux-ci ?

— Assurément. La série comporte trois œuvres majeures. Il n'était pas question de varier les teintes : la tunique orange et rouge pour le saint, l'auréole, l'ange vaporeux. En changeant la facture, les fidèles n'auraient pas compris l'iconographie. Ils en auraient perdu le sens profond souhaité par le clergé : raconter un épisode du Nouveau Testament.

— Aurait-il pu s'atteler à plusieurs peintures d'après les études que voici, même dans un format plus petit que le tableau final afin d'élargir le choix de la représentation ?

— Pas à ma connaissance. Cette éventualité demeure une légende, et comme toutes les légendes, elle se nourrit des affabulations.

— Photographier un ou deux croquis serait-il envisageable ? Avec votre permission, bien sûr. Cela compléterait les documents que j'ai chez moi.

— Sans flash.

Les photos s'ajoutèrent aux autres dans la galerie du LG.

Gilbert Grand apprécia la visite riche d'enseignements et prit congé de Monsieur Othon Harriman. Il était 12 heures 30. Il avait le temps de flâner dans la ville avant de regagner l'aéroport. L'embarquement était prévu pour 18 heures. Il aurait même le temps de s'entretenir avec son propre commanditaire avant de monter dans l'avion.

Je ne regrette pas le déplacement. Ce fut très instructif. À travers les siècles, on revient là où tout a commencé.

Lundi 26 août

J +11

32

Panique à bord !

À Rome, la tempête faisait rage. Le navire sombrait. La curie ne savait plus à quel saint se vouer. Le commandant avait disjoncté.

Revenu en catastrophe du palais d'été, si on pouvait appeler « catastrophe » les lubies de Sa Sainteté à naviguer entre Rome et Castel Gandolfo, le guide spirituel s'était enfermé dans son bureau. Balayant les habitudes d'un revers de main, le cardinal Dominicci n'avait pas été autorisé à le suivre. Banni de la sphère papale, celui-ci écouta, sans bouger, au milieu du couloir. Il perçut derrière la porte le marmonnement d'une personne en proie à l'inquiétude. L'affaire était grave et méritait qu'on s'y penchât sérieusement. Il se rangea aux côtés des autres ecclésiastiques palabrant depuis quelques jours sur une éventuelle sénilité précoce du Saint-Père, résultat dû aux événements récents qui secouaient, tel un séisme, la cité Vaticane. Il courut les prévenir dare-dare.

— Il radote. Il parle de lui à la troisième personne.

— Mon Dieu !

— Ne mêlez pas Dieu à cela, cardinal Dosantos, et concentrons-nous sur la décision à prendre. Son attitude versatile est inquiétante. Tous ses allers et retours sans un motif valable ne présagent rien de bon. Il semblerait qu'il ait pété les plombs depuis la découverte du corps calciné de notre ami Giordano.

— Ami, comme vous y allez, cardinal Dominicci, répondit le cardinal Garcia. Nous n'approuvions pas sa conduite, et nous vous l'avions d'ailleurs signalé. Il déshonorait Notre Église. C'était une brebis galeuse qui n'a eu que ce qu'elle méritait. De toute façon, il aurait fallu y mettre un terme. C'est triste à reconnaître, mais il a résolu notre dilemme.

— À jouer avec le Diable, on récolte ce qu'on sème, compléta le cardinal Dosantos.

— Que son médecin personnel vienne à son chevet, suggéra le plus ancien de la curie. Deux ou trois piqûres et il sera sauvé.

— Et vous en profiterez pour vous faire ausculter. Craignez-vous de mourir ?

— Pfft ! Le prix d'une consultation au lieu de deux. Par les temps qui courent, avec la baisse du denier du culte, il n'y a pas de petites économies, répliqua l'ancêtre.

— Je vais y songer et j'aviserai dans les prochaines heures. En attendant, nous nous relaierons pour le surveiller discrètement et tiendrons concile à notre façon. Les médicaments ne sont pas miraculeux.

— Quelle pitié, mon Dieu !

Le cardinal Dominicci haussa les épaules et fonça vers le bureau papal. Il entra sans frapper.

Disparu !

Vide !

Le néant !

L'anxiété du préposé aux relations publiques monta d'un cran. À continuer ainsi, elle atteindrait la cote d'alerte avant ce soir, et il n'était que dix heures.

En vain, le cardinal chercha partout celui qui avait disparu.

À l'abri des regards dans l'ascenseur, amorçant la descente, Sa Sainteté serrait dans sa main droite la précieuse clé à s'en blanchir les phalanges. Il avait cru l'avoir égarée depuis sa nomination car il ne s'en était jamais servi avant aujourd'hui. Il l'avait si bien cachée qu'il en avait oublié la cachette. Il l'avait glissée dans la reliure du vieux missel qu'il avait reçu en cadeau lors de sa communion solennelle et qui, depuis, attendait son heure de gloire parmi les livres rangés par ordre alphabétique dans sa chambre sur l'étagère en sapin. La meilleure cache de sa vie !

L'ascenseur s'arrêta en douceur et un panneau encastré dans les parties en inox remonta lentement. Apparue la forme d'une main sur l'écran bleuté. Les doigts tremblèrent en approchant.

Reconnaissance des empreintes digitales.

La porte de la cabine coulissa derrière lui. Une forte odeur d'humidité imprégna l'habitacle. Il se trouva face à une porte datant du quatrième siècle qu'il poussa doucement. Les gonds émirent un grincement sourd en frottant sur les pentures, lequel bruit se répercuta sur les murs et le sol empierrés. Il aperçut la chandelle. Il comprit l'utilité de la boîte d'allumettes en guise de porte-clés. La porte de l'ascenseur se referma.

En dépit de la faible lueur que procurait cette chandelle, il avança d'un pas décidé vers la destination inconnue. Il s'enfonça dans les ténèbres. Après avoir parcouru une dizaine de mètres, il atterrit dans une vaste salle de forme ronde. Un parfum de catacombe emplissait les lieux. Des araignées avaient tissé leurs toiles, puis les avaient délaissées, faute de nourriture à capturer dans cet endroit hermétiquement clos. Elles avaient dû être transportées avec les affaires entreposées à même le sol. Leurs cadavres desséchés trahissaient leurs échecs. Au centre de la pièce se trouvait un lutrin sur lequel avait été posé un manuscrit, et un chandelier sur pied. Il alluma le cierge, posa la clé par terre, et commença à lire. Sur les feuilles s'alignaient des dizaines et des dizaines de références. Ses prédécesseurs avaient répertorié au fil des siècles le contenu de cet étrange lieu. Tout ce qui ne pouvait être divulgué avait été enfoui ici, caché dans les entrailles du Vatican. Des secrets gardés depuis des millénaires à l'abri d'un public avide de réponses, et lui aussi allait chercher la réponse à son tourment parmi les centaines de livres et de coffres qui s'entassaient pêle-mêle, un classement hétéroclite sans fil d'Ariane pour lui servir de guide. Il consulta, d'un geste fébrile, la période allant de la Renaissance au Baroque, parcourant de l'index les titres des ouvrages et des contenants.

Dans cette pénombre, la tâche s'avéra plus ardue que prévue. Il déplaça des objets et souleva des piles de livres jusqu'à dénicher la seule chose qui l'intéressait vraiment et expliquait sa venue. Il approcha le manuscrit du chandelier. Celui-ci pesait lourd sur ses avant-bras. Il lut l'inconcevable sur les pages enluminées. Les représentations se conformaient à l'original. Il le referma et le rangea exactement à l'endroit où il l'avait pris. Le passé poussiéreux retourna à son mystère.

Il récupéra la clé. Qu'ouvrait-elle ? Il se devait de percer aussi cette énigme avant de repartir.

Regard circulaire.

Il opta pour les coffres. La clé était récente comparée aux antiquités qui l'entouraient. Il estima sa fabrication entre les deux guerres. Dans un coin obscur, il repéra une malle de voyageur en bois avec une poignée en cuir de chaque côté et renforcée par des baguettes. Il enclencha la clé dans la serrure. Le mécanisme céda sous la pression des doigts. À l'intérieur, un sac de jute protégeait un objet rectangulaire au toucher, et peu lourd. Le pape s'en saisit avec délicatesse. Il déplia le tissu et blêmit. À la vue de l'inscription grossièrement peinte, il trembla de tous ses membres et fit le signe de La Croix. Il plongea la main dans le sac et approcha de la lumière sa découverte.

Temps suspendu dans la contemplation.

Il remonta à la surface les bras ballants, la clé enfouie dans les profondeurs de la poche de son aube blanche qui lui parût fort grise maintenant. Il sortit de l'ascenseur les yeux larmoyants et les lèvres serrées, l'ourlet de la soutane salie et l'odeur terreuse sur lui.

Que Dieu nous pardonne. Je dois l'informer, pensa-t-il.

Mardi 27 août

J +12

33

Il n'avait pas pu se confier. Il devait préserver l'impénétrabilité du secret.

Gilbert Grand n'avait pas mordu à l'hameçon, seulement il avait accepté la proposition uniquement parce qu'il était intrigué par le meurtre commis en France, par ce qu'il avait découvert depuis ; et, primordial, en participant à l'enquête de son ami Jacques, il renouait avec l'équipe. Ils avaient donc conçu, son interlocuteur et lui, une solution tirée par les cheveux qui écartait définitivement la thèse du suicide du cardinal Giordano en privilégiant la thèse de l'accident, la voiture ayant glissé, conséquence d'une terre détrempée par l'orage ; solution qu'il était en train de raconter à son ami Jacques au commissariat depuis un quart d'heure.

— J'adhère à ton idée, Gilbert. Les deux morts sont forcément liés. Ce n'est pas une coïncidence. La famille est connue en tant que mécène, acheteur et vendeur ; je suis d'accord avec toi. Il nous reste un mobile en béton : le vol. D'après ce que tu me racontes, en Italie, on pencherait aussi pour cette hypothèse : le vieux fuyait l'agresseur qui le poursuivait en bagnole. Ce que je ne comprends pas, c'est pourquoi il a cherché refuge dans une forêt au lieu de continuer sur la nationale.

— Il croyait certainement ne pas avoir été vu lorsqu'il a changé de direction et qu'il s'est engagé dans les bois.

— Ouais. C'est ce qu'il a dû s'imaginer. Quand un homme a la trouille, il réagit n'importe comment. Ses réactions sont imprévisibles.

— Exactement, et l'objet convoité n'aurait pas été trouvé là-bas, d'où l'agression chez le neveu.

— Ça se tient, sauf que chez le jeune Giordano, j'ai un macchabée sur les bras, connu des services de police pour un cambriolage opéré en Alsace il y a une dizaine d'années. Depuis sa sortie de prison, l'ex-taulard se tenait tranquille ; ou on n'avait pas connaissance d'une récidive. Ce con s'est fait massacrer à la barre de fer suivant les constatations du légiste.

— Au mauvais endroit au mauvais moment, comme on dit.

— Ouais. Possible.

— Tu tiens un mobile, mais à qui profite le crime ?

— Le meurtrier est en cavale. Je n'ai rien. Tu penses à quoi ?

— À un appât ayant de la valeur à la revente qui stimulerait la cambriole.

— De quelle nature ?

— Imaginons que nos voleurs, j'emploie le pluriel puisqu'ils étaient au moins deux dans l'appartement, n'aient pas réussi à emporter ledit objet convoité pour la simple et bonne raison qu'ils n'ont pas eu le temps de le trouver. Imaginons qu'ils y aient eu une rivalité entre eux face à la demande, et imaginons qu'ils soient toujours en train de le chercher, donnons-leur dans ce cas un os à ronger.

— Cela fait beaucoup de « imaginons ».

— Pas faux.

— Et comment comptes-tu concrétiser ton hypothèse ?

— Avec ceci.

Gilbert Grand afficha les visuels pris en Allemagne avec son LG.

— Et ?

— Tu m'as bien dit que le neveu fréquentait un expert en œuvres d'art ?

— C'est ce qu'il a raconté à Morgane.

— Et notre expert connaît sûrement un peintre susceptible de nous exécuter un tableau suivant les consignes que nous lui fournirons. Il ne s'agit pas de fabriquer un faux, seulement une œuvre de facture similaire que nous placerons chez le neveu.

— Je doute qu'il accepte ton scénario, trouillard comme il est.

— Même avec le ton persuasif du lieutenant ?

— Ça se tente.

— Dans la négative, j'ai pris la liberté d'en glisser un mot à ma sœur qui en a parlé à la mère supérieure que j'ai eue au téléphone ce matin. Elle est d'accord pour que notre appât soit installé dans la chapelle du couvent en dernier recours. Je n'envisage pas cette possibilité pour l'instant. Trop risqué avec les autres religieuses qui ignorent la raison exacte de notre séjour prolongé à Rome. En revanche, disculper l'oncle enchante mes deux coéquipières. Et dans le cas où nous choisirions cette issue, d'après ce que m'a rapporté la frangine avant de venir te voir, il nous faudra écarter sœur Marthe de ce plan diabolique car elle était surexcitée de savoir que le cardinal Giordano était blanc comme neige alors que des horreurs avaient été ébruitées à son sujet. De par son ardeur, elle pourrait tout faire capoter, c'est pourquoi il vaut mieux jouer notre pièce chez le neveu.

— On monterait un flag. J'en suis. C'est un moyen comme un autre de pincer le tueur de l'alsacien. Je contacte Alberto Giordano.

— Et moi, je file voir Morgane. Je vais lui en glisser deux mots.

— OK.

Ce qu'avait omis de dire Gilbert Grand, c'était l'aversion éprouvée envers la religion depuis son séjour en terre italienne. Il avait bouffé du curé matin, midi et soir, jusqu'à ne plus le supporter, d'où cette tension nerveuse qui s'était emparée de lui à son issue, là-bas, état qu'il n'aurait jamais cru possible auparavant, et il ne souhaitait pas que le malaise revînt alors qu'il s'atténuait doucement. Autant éviter le surdosage. Autant éviter aussi la confrontation avec Jacques et la frangine, un amour de jeunesse qui s'était noyé dans le bénitier au lieu de se gaver des dragées du mariage. Il fallait donc convaincre Alberto Giordano avec l'aide du lieutenant.

Morgane Duharec trouva l'idée originale. Pour une fois, le jeu se déroulerait à l'envers. C'était avec un faux commandé par la police qu'on allait attraper un vrai coupable.

Jacques Dupuis entra.

— Il est avec le vitrier.

— Huit jours pour remplacer une vitre ! s'exclama Morgane. Il y a des corps de métiers qui ne chôment pas. Encore un qui est débordé.

— La faute au vandalisme, soupira Gilbert, fataliste, en sortant du commissariat.

Trente minutes de marche rapide.

Le trio arriva gonflé à bloc chez le neveu.

— Jamais de la vie !

— Vous ne séjournerez pas ici pendant l'opération, affirma Jacques.

— Il n'en est pas question ! Et vous qui ne dites rien ! J'avais confiance en vous, charmante demoiselle. Aurais-je eu tort ? Pactiseriez-vous avec l'ennemi ? Avoir jeté votre dévolu sur mon cocon douillet, mon chez-moi adoré à peine remis des violences subies, je suis outré ! Et vous voulez que cela recommence ! Quand je pense que j'ai eu un mal fou à persuader Monsieur, ici présent, de venir me dépanner en urgence ; à partir d'aujourd'hui, je prendrai aucun risque. De plus, la porte d'entrée est neuve. Elle m'a coûté très, très cher. Je n'ai pas rechigné à la dépense. J'ai réclamé au vendeur le nec plus ultra en matière de sécurité. Elle jure un peu avec la façade, mais l'entreprise a affirmé qu'elle vieillirait vite et sa teinte devrait s'assombrir avant la fin de l'hiver. Et pour assurer ma protection jour et nuit, j'ai contacté une entreprise privée de surveillance. Monsieur Pierre posera le détecteur avant de partir.

L'artisan hocha la tête, affirmant le fait. Il avait renoncé à répondre depuis belle lurette.

— Venez que je vous montre cette technologie de pointe.

Le trio ne put décliner l'offre, ne souhaitant pas offenser le maître du logis et anéantir leur requête.

— L'installateur a dissimulé le boîtier de l'alarme au-dessus d'une étagère dans mon bureau. J'ai rangé devant une pile de revues « Elle décoration ». Je ne sais pas si vous connaissez — je ne m'adresse pas à vous, je m'adresse à Mademoiselle — ce magazine. Tenez. Regardez. Il relate les derniers potins en matière d'ameublement ; question mode, il est imbattable. Avec ces informations, je suis au courant de tout ce qui se vend sur le marché actuellement.

Alberto Giordano tendit le numéro de juillet au lieutenant.

— Allez-y, feuilletez-le. Un monde coloré est soumis à votre approbation.

Le lieutenant ouvrit la revue au hasard.

— Vous avez vu ces poufs ! Ne sont-ils pas craquants ! Je disais justement à Bernard, après l'avoir reçu — je suis abonné —, que j'aimerais changer ceux du salon pour ceux-ci. Après ce qui s'est produit dans la pièce, je vais me laisser tenter. Je vais aussi faire enlever le tapis souillé. Il a été troué là où vos gens de la scientifique ont prélevé un échantillon de sang, et je ne parle pas des traces de craie et de poudre à empreintes que la pauvre Sabine, ma femme de ménage, a dû frotter. Je n'ai pas eu la force jusqu'à présent de m'en débarrasser. J'évite d'y pénétrer. En ce moment, j'habite chez Bernard et…

— C'est parfait comme situation ! s'exclama Jacques. Vous ne serez pas là ! Nous pourrons séjourner à votre place dans l'appartement, surveiller les alentours et coincer le tueur. Vous en serez débarrassé une bonne fois pour toutes, et vous pourrez vivre de nouveau chez vous sans crainte.

— Et refaire la une des journaux ! Vous n'avez pas une autre idée grandiose à me suggérer.

— Demandez un avis auprès de votre ami Bernard, osa dire Gilbert.

— Il se rangera à mon sentiment. Il ne tient pas à ce que je meure, « Lui ».

Regard noir vers le capitaine Dupuis.

— Montrez-moi ce fameux boîtier d'alarme, Monsieur Giordano, demanda Morgane sur un timbre compatissant.

— Regardez comme c'est astucieux. Je déplace la pile vers la gauche car j'ai laissé un espace vide exprès, et je pousse ce gros dictionnaire vers la droite, et voilà, j'accède au clavier. Lorsqu'on entre dans la pièce, on ne soupçonne pas sa présence. J'ai vérifié en invitant des amis à trouver l'emplacement. Ils n'ont jamais réussi à deviner la cachette. Qu'est-ce que vous en pensez ?

— Très malin de votre part.

— N'est-ce pas ! En ce qui concerne le choix de la pose des détecteurs, je me suis incliné devant mon incapacité à opter pour tel ou tel endroit. Ce n'était pas de mon ressort. J'ai laissé faire le professionnel.

— Je crois qu'on vous appelle, Monsieur Giordano.

— Ce doit être l'artisan qui a fini la réparation.

Les quatre revinrent dans la cuisine.

— Ex-tra-or-di-naire, mon brave ! On la croirait aussi vieille que les autres ! Son aspect ancien devait être conservé et vous avez réussi un miracle. Mes désirs sont comblés.

Morgane Duharec saisit l'occasion de cet instant d'enthousiasme pour suggérer la venue de son compagnon.

— Quelle excellente idée, chère Mademoiselle ! Je le contacte tout de suite. Envoyez-moi votre facture, Monsieur Pierre ! C'est ma-gni-fi-que !

En attendant qu'arrive Monsieur Krüger von Hartung, Gilbert Grand et Jacques Dupuis se déplacèrent de pièce en pièce afin d'élaborer leur plan : l'accrochage du tableau et à quel endroit, repérer la meilleure planque pour le policier qui resterait dans l'appartement, et où garer le sous-marin dans la rue.

Un homme de taille moyenne à la chevelure grisonnante, arborant la soixantaine, vêtu d'un polo Ralph Lauren bleu turquoise et d'un pantalon coupe droite de couleur marine, d'une ceinture en cuir et de boots noires, vint vers eux en déclarant :

— Vous sollicitez notre aide, Monsieur l'Inspecteur, d'après votre collègue lieutenant ?

— Traître, souffla Alberto.

— Capitaine ; et votre question est exacte. Nous aurions besoin de votre concours.

— Vous n'êtes pas sans savoir que mon ami Alberto a été suivi. N'est-ce pas trop dangereux d'échafauder un projet de cette envergure ?

— Une machination ! N'ayons pas peur des mots !

— Calme-toi, Alberto. Laissons les exposer leur idée avant d'accepter.

— Nous ferons circuler l'information dans la semaine à venir — le temps que le faussaire accomplisse le boulot — qu'une œuvre de grande valeur sera mise aux enchères à la salle des ventres de notre ville avec photos à l'appui dans le journal local. Impossible de passer à côté de l'annonce. Nous aurons amené la veille de la vente le tableau chez vous, Monsieur Krüger von Hartung. Votre ami récupérera l'objet et le transportera jusque chez lui accompagné par le détective que je vous présente.

Gilbert Grand hocha la tête.

— Quant à moi et le lieutenant, nous serons déjà sur place. Ensuite, Monsieur Giordano retournera chez vous, l'objet ayant été livré, toujours accompagné de Monsieur Grand. Il sera ainsi protégé tout au long du trajet, à l'aller comme au retour.

— Cela me paraît correct.

— Tu es fou ! Je risque d'y rester !

— Puisque tu ne seras pas seul.

— Il n'en est pas question ! Trouver une autre idée !

En entendant ces mots, Gilbert Grand s'éloigna, son LG à la main.

— Et si le cambrioleur casse encore la fenêtre ou la porte pour pénétrer chez moi ?

— L'état prendra en charge les dépenses, affirma Jacques.

Ça m'étonnerait, pensa Morgane Duharec. Le capitaine raconte n'importe quoi dans le but d'arriver à ses fins. Il lui fait avaler la couleuvre. La digestion sera pesante.

— Et comme tu envisages une nouvelle décoration, si je peux te conseiller, ce serait parfait, ajouta Bernard.

Ce dernier s'approcha de son compagnon. Le prenant par les épaules, il lui murmura : « Tu seras mon héros. Demain, ton bonheur consistera à ne plus avoir peur. Cette histoire sera définitivement enterrée. ».

Alberto Giordano bomba le torse.

— Le cardinal Dominicci accepte de jouer le transporteur, annonça Gilbert. D'ici ce soir, j'aurais l'heure de son arrivée par le train.

Alberto Giordano fit la moue suite à l'annonce du détective. En quelques secondes, l'aura du héros s'était envolée.

— Cela ne vous dispensera pas de vous promener en ville afin que nous sachions si vous êtes toujours suivi, exprima Morgane. Comportez-vous normalement et rapportez-nous vos perceptions.

L'importance donnée à son personnage retrouvée encouragea le neveu à affronter tous les dangers. Le regard amoureux de son compagnon méritait le sacrifice de sa personne.

34

Merde ! J'en ai ma claque de poireauter ! gueula Hendrick dans sa bagnole. J'ai du taf qui m'attend à la baraque. Les clients vont gueuler un « max ». Qu'est-ce que je pourrais inventer comme excuse pour me tirer d'ici ? Je surveille pour des prunes. Depuis le casse, les volets sont restés fermés à part aujourd'hui, et le proprio n'est jamais seul. Il se balade avec l'autre vieux. La nuit, il n'y a pas de lumière. Il ne crèche pas là, j'en suis sûr. Je l'ai vu s'en aller avec le groupe tout à l'heure. Et merde ! Je me casse ! Marre de pioncer chez les vieux chnoques depuis cinq jours ! Ça suffit !

— Ouais, j'écoute.

— Schneider, ici, Schuler.

— Qu'est-ce que tu veux ? Tu as vu l'heure ?

— Il est tard, je sais.

— Alors, accouche. Tu es où ?

— Je n'ai pas bougé depuis ce matin. J'ai surveillé jusqu'à maintenant la cible. Le mec n'est jamais seul.

— Et alors ? Où est le problème ?

— Le problème est que je crois avoir été repéré.

— Tu crois ou tu es sûr de toi ?

— Il est allé chez les flics il y a deux jours.

— Et alors ? Qu'est-ce que tu veux que cela me foute. Après un cambriolage, c'est normal de se rendre chez les poulets. Tu me déranges pour ça ?

— Pas que. Il y a du monde qui tourne autour du Berlingo. La rue n'est pas beaucoup fréquentée là où le Giordano habite. Il y a des jeunes du café d'en face qui rôdent autour.

— Putain ! Change de quartier tous les jours ! Ce n'est pas compliqué !

— Et les flics étaient chez lui cette après-midi.

— Tu es sûr que c'était les poulets ?

— Je crois.

— Avec toi, j'ai l'impression de poser toujours les mêmes questions. C'est chiant à la longue. Qu'est-ce qui te fait dire que c'était les flics ?

— La nana, je l'ai reconnue quand elle est sortie avec Giordano. C'était la même que l'autre jour, avec lui au commissariat, lorsqu'elle l'a laissé à la porte. Je l'ai vue de près.

— Comment ça de près ?

— Avec mes jumelles. Celles que j'utilise quand je chasse.

— Non, mais ce n'est pas vrai une branque pareille ! Tu es en train de me dire que tu t'es planté devant le commissariat avec des jumelles !

— Pas vraiment en face. Derrière un camion.

Silence radio.

Ernst Schneider réfléchissait.

— C'est bon. Tire-toi de là. Tu as fait assez de dégâts comme ça. Si tu as compromis la mission, tu auras de mes nouvelles.

— Je rentre maintenant ?

— Tu es bouché ou quoi ! Putain ! Je suis en train de te dire de te barrer ! Tu veux un SMS de confirmation !

— Non, j'ai compris.

— Allez, casse-toi, je t'ai assez entendu.

Communication coupée.

Hendrick Schuler fit hurler la boîte de vitesses en enclenchant la marche arrière.

Et puis merde avec leurs idées à la con ! vociféra-t-il en levant le poing. Ce n'est pas Schneider qui paiera les factures à la fin du mois ! La cause, c'est une chose ; le quotidien, cela en est une autre. Nous n'avons pas les mêmes soucis de fric, lui et moi ; et ses promesses ne sont pour l'instant que des chimères, comme disait le paternel. Ne fais confiance à personne, fils. Merde ! Il avait raison le vieux avant de crever. Je n'ai plus qu'à sauver la semaine en bossant comme un dingue.

Ernst Schneider n'était pas mécontent d'avoir rembarré le jeune. À trente-huit ans, il n'allait pas se laisser emmerder par un jeunot inexpérimenté. Il avait lui aussi des comptes à rendre à son supérieur.

Action – Réaction.

— Kaufman à l'appareil. Je t'écoute Schneider.

Vendredi 30 août

J +15

35

9 heures 30. Gare de Troyes.

Gilbert Grand dévisageait les voyageurs qui passaient devant lui. Il guettait une soutane noire avec une large ceinture rouge ; ce fut un homme en costume gris souris qui descendit le marchepied du wagon, une petite valise en cuir noir à la main. Le cardinal Dominicci voyageait léger. Encombrement minimum dans le bagage.

Les deux hommes allèrent directement chez Bernard Krüger von Hartung à pieds. De la gare, il leur fallut une grosse demi-heure que le détective employa pour vanter les maisons à colombage rénovées, le pavage des rues, les enseignes travaillées à la forge et les boiseries sculptées de certaines devantures.

Dans la cour intérieure de l'ancien hôtel où vivait l'expert en œuvres d'art, le cardinal Dominicci s'extasia un long moment en découvrant le chef-d'œuvre architectural de la fin du seizième siècle.

— Il nous faut gravir cet escalier en bois en colimaçon qui dessert les trois niveaux. Donnez-moi votre valise. Notre homme habite au dernier étage. Il a une vue imprenable sur la ville.

En pénétrant dans l'appartement, l'admiration de l'ecclésiastique atteignit son paroxysme. Le détective ne lui avait pas menti ; ce n'était que somptuosité. L'accumulation dans le hall d'entrée d'œuvres rares lui procura la sensation d'évoluer dans un musée. Sur une console en palissandre, un ours en bronze doré semblait défier les autres bibelots disposés de façon anarchique sur les deux guéridons placés de part et d'autre du meuble.

— Entrez ! Entrez ! Je vous en prie ! cria Bernard dans la cuisine. Conduis-les au salon, Alberto, pendant que je prépare le plateau.

Le salon était agencé dans un style anglo-saxon : un canapé trois places et deux fauteuils en cuir vert bouteille, des ouvrages magnifiquement reliés dans une bibliothèque en acajou datant du dix-neuvième siècle aux portes vitrées, des gravures à l'eau-forte représentant des scènes de chasse sur un mur tandis que sur l'autre des toiles de maîtres d'abstraction lyrique dévoilaient leurs éclats sous la lumière diffractée par les vitraux des fenêtres. Une lampe Tiffany était allumée sur un bonheur-du-jour qui, manifestement, n'était plus utilisé.

Bernard Krüger von Hartung posa le plateau sur la table basse aux violons enchevêtrés en bronze du sculpteur Arman.

— Prenez place. Vous prendrez bien le temps d'un café ou d'un thé avant de partir ?

— Volontiers.

— Avec un croissant et un pain au chocolat, Monsieur le curé, minauda Alberto en lui tendant une assiette remplie de mini-viennoiseries.

— Monseigneur.

Alberto Giordano ignora la remarque.

— Elles viennent de notre boulangerie préférée pas loin de chez moi. J'y suis allé exprès pour vous, Mon Père. Figurez-vous que ces délicieuses friandises sortaient du four. Je me suis presque brûlé la paume en attrapent le sachet que me tendait Marianne. Heureusement que j'emporte toujours avec moi un sac en polyester pliable qui tient dans la poche de mon pantalon tellement il est petit. Attendez, je vais vous le chercher. C'est un achat très utile.

Le cardinal Dominicci regarda s'éloigner cet homme habillé en rose des pieds à la tête qui faisait tinter sa gourmette en or en marchant, et le compara à celui qui était assis en face de lui, son compagnon en tenue gris perle.

On raconte souvent dans les chaumières que les contraires s'attirent ; le couple en était un parfait exemple.

— Voyez, Mon Père, je ne vous ai pas trompé. Sortez-le de son étui et dépliez-le. N'est ce pas in-cro-ya-ble qu'une chose si petite puisse se transformer en un contenant aussi grand ! Gardez-le. Je vous le donne.

— Alberto, soupira Bernard.

— Quoi Alberto ? Je rends service à Mon Père. Là d'où il vient, il n'y en a sûrement pas.

Ce dernier posa sa main sur la cuisse du cardinal Dominicci qui se contracta immédiatement. Faisan fi de la répulsion éprouvée, il lui tapota le muscle d'un geste amical.

— Figurez-vous que j'ai eu un mal fou à m'en procurer un. Encore une tasse de café, Mon Père ? Non ? J'étais en voyage à Paris, l'hiver passé sur les Champs Elysées, lorsque je décidai en milieu d'après-midi de faire du lèche-vitrines avant de récupérer ma voiture au parking. En passant devant une boutique, un splen-dide pull en cachemire vert pomme scintillait sous les spots. Depuis que…

— Alberto, Monseigneur désire peut-être se reposer.

— Quoi encore ? Quel casse-pieds, celui-là, quand il s'y met, Mon Père. Je finis l'histoire.

— Racontez la moi en m'accompagnant jusqu'au presbytère.

— Volontiers. Allons-y tout de suite, Mon Père. Laissons ce rabat-joie avec votre ami, annonça Alberto en se levant.

— Et tu reviens seul ?

— Oh ! C'est mesquin ce que tu me dis, Bernard.

— Nous reviendrons ensemble, affirma le cardinal. Dès que j'aurais défait mes bagages.

— D'abord, nous visiterons les églises du centre-ville, puis un ou deux musées. Entre-temps, nous déjeunerons chez Roberto, un cuisinier italien ; vous ne serez pas dépaysé, ses recettes sont très raffinées ; à moins que vous ne préfériez goûter notre spécialité locale qui est l'andouillette ; c'est vous qui choisirez.

— Tu vas le fatiguer, Alberto.

— Mais non, Bernard, nous déambulerons en discutant. Au besoin, nous boirons un rafraîchissement à la terrasse d'un café bien que la température extérieure d'ici soit moins éprouvante que celle de chez vous, n'est-ce pas ?

Gilbert Grand quitta l'appartement en même temps qu'eux, se chargeant de la valise jusqu'au presbytère ; laquelle valise, vidée de son contenu, il garderait.

— Alors, Mon Père, racontez-moi. À Rome, le Pape, il est comment ? quémanda Alberto en le prenant par le bras.

36

Un autre personnage avait débarqué à la gare de Châlons-en-Champagne, la veille ; et depuis son arrivée, il arpentait les rues troyennes en conversant avec son acolyte. La barrière de la langue nuisait à la compréhension des phrases en français. La conversation se bornait plus à des gestes qu'à des mots.

Les deux hommes accordaient le rythme de leurs pas sur celui du couple qu'ils pistaient depuis 11 heures.

L'horloge de la mairie indiquait 16 heures 12, et ils buvaient une bière non loin de leurs proies, assis dans des chaises en plastiques inconfortables qui collaient à leurs peaux en sueur. Le plus vieux des deux profita de ce répit inespéré pour téléphoner.

— Kaufman à l'appareil.

— Ouais.

— Ça bouge ici.

— Dans quel sens ?

— Du sens qu'il y a du curé en renfort depuis la parution de l'article dans le journal local. J'ai vérifié à la bibliothèque municipale et j'ai vu en replay l'annonce télévisée sur mon ordi.

— De quel genre, le curé ?

— Du genre que ce serait un délégué du Vatican d'après le collègue. Il l'a reconnu.

— C'est bon pour nous. Laissez tomber le Giordano. Concentrez-vous sur le cureton. Il n'est certainement pas venu en touriste. Nous touchons au but. Pas question de foirer ce coup-ci.

— Compte sur moi.

— C'est pour quand la vente ?

— Mardi.

— OK. Je te rappelle d'ici ce soir. Ne lâchez rien.

— Nous dormirons dans la voiture s'il le faut. On ne le quitte pas des yeux.

— Parfait. À ce soir.

— À ce soir.

Les deux autres avaient quitté leurs sièges. Kaufman glissa un billet de dix euros sous le bock, frotta ses doigts contre son jean, et se leva.

Pietro Julia l'imita.

C'était reparti pour un tour de piste.

37

Gilbert Grand était en retard. La valise devait être chez son ami policier à 14 heures, et il était déjà 15 heures 10 au tableau de bord de la Citroën. Il ajusta ses lunettes et enfonça la pédale de l'accélérateur sur la rocade, doublant les autres automobilistes qui l'injuriaient par des appels de phare mérité. C'était dans ces moments-là qu'il regrettait le gyrophare bleu et la sirène. Il toucha sa fidèle matraque, talisman porte-bonheur couché sous le frein à main, en espérant que son vœu se réalisa : des feux au vert jusqu'à la maison « poulaga » lorsqu'il quitterait la voie express. Il ne fut pas exaucé. Le retard s'aggrava encore avec les embouteillages du fait des travaux, à savoir la réfection de la chaussée jouxtant le parking où il avait l'habitude de se garer. Il fut tenté de klaxonner comme les romains, et se ravisa.

Stoïques conducteurs comptant à rebours les minutes écoulées devant le cadran lumineux aux points jaunes clignotant. 6-5-4…

À 16 heures passées de trois minutes, il stationna en double file devant le commissariat, les feux de détresse en fonctionnement.

— Qu'est-ce que tu as foutu ? Je t'attends depuis des plombes.

— J'ai merdé sur l'horaire à cause du foutoir qu'il y a dans le coin. Avec les engins de la voirie et le rétrécissement de la route, c'est un réel plaisir de conduire par ici. Pendant l'été, cela devient insupportable.

— Comment veux-tu que la voirie procède ? Le goudron ne supporte pas le froid.

— Je sais, mais c'est chiant.

— Passe-moi la valise que j'y mette le mouchard GPS.

— Il n'est pas un peu gros ?

— Je n'ai pas plus petit en stock. Nous ne sommes pas au FBI, ni aux AI.

— Fiable ?

— Très. 70 heures d'autonomie en mouvement, 25 jours si on ne l'actionne pas, et un affichage des données en temps réel.

— Tu vas le placer où ?

— Là-dedans.

Le capitaine Dupuis s'empara d'une brosse à ongles dont l'épaisseur du bois était anormalement large. Avec un cutter, il libéra le système de fermeture, plaça le mouchard à l'intérieur et appuya dessus pour remboîter les deux morceaux. Puis, il la coinça dans la sangle élastique et y adjoignit une brosse à cheveux du même type. Un paquet de mouchoirs en papier, une éponge à chaussure et un nécessaire de couture s'ajoutèrent à la panoplie du voyageur zélé qui remédie au drame des vacances.

— Tu vois, c'est nickel. On ne le remarquera pas.

— Un peu vieillot, non ?

— En rapport avec notre cardinal. Tu l'imaginerais avec un sac de sport en bandoulière, toi ?

— Effectivement. Ce ne serait pas crédible. Ton camouflage est approprié.

— Bon, maintenant que c'est fait, on file chez notre peintre du dimanche. Nous ne sommes pas en avance.

Gilbert Grand reçut la pique cinq sur cinq.

Ce qu'ils perçurent en premier avant d'avoir sonné, ce fut l'odeur. Elle trahissait l'activité de celui qui bossait là. Un mélange d'huile rance, de white-spirit, de solvant, d'essence de térébenthine et de résine époxy. Un pot-pourri nauséabond à vous imprégner vos fringues en trente secondes.

La caméra fixée sur l'imposte les détailla avec son œil noir globuleux.

Déclic d'ouverture.

À l'intérieur, un homme habillé d'une ample blouse beige dont le tissu balayait le sol manipulait des fioles sur un établi, au fond, sur leur gauche. Il leur fit signe d'avancer sans se retourner.

L'atelier était spacieux et encombré. Une baie vitrée donnant sur une terrasse d'environ cinq mètres sur deux apportait une lumière suffisante pour peindre durant la journée. Cinq chevalets de tailles différentes avaient été disposés en demi-cercle face à la baie. Sur chacun d'eux, une toile. Sur chacune d'elles avait été reproduit un paysage de sous-bois, tous identiques, seules les teintes différenciaient les œuvres en préparation. Au centre des chevalets, une table de camping avec un assortiment de tubes de peinture de la marque Rubens extra-fine, une bouteille d'huile d'œillette, des chiffons, des pinceaux dans une vulgaire boîte de conserve, et deux palettes usagées.

Sur le mur de droite, avaient été entreposés des châssis entoilés en lin, mais aussi des châssis nus, un rouleau de tissu épais, et des panneaux en chêne massif dressés sur leurs tranches. Une grande planche et deux tréteaux en métal supportaient une ramette de papier de la marque Arches, des feuilles de calque et des Ingres au format raisin. Sur une table en pin de deux mètres de large sur un mètre cinquante de profondeur, des peintures à l'acrylique terminées se partageaient la surface avec des esquisses au fusain et un carton à dessin.

Au fond à gauche, là où se tenait le peintre, l'ordre ne régnait pas. Dans un carton : des chiffons sales et propres entassés. Dans une poubelle qui n'était autre qu'une lessiveuse en aluminium datant de nos grands-mères : des papiers déchirés, des restes de nourriture, des morceaux de plastique. Au-dessus de l'établi, une grande étagère avec moult pinces, des serre-joints, des tournevis plats et cruciformes, un verni en aérosol, des bombes de peinture dans des tons pastel, une boîte en plastique transparent renfermant du coton à mécher. Contre l'établi, une armoire métallique était fermée. Le détective et le capitaine se doutèrent que celle-ci devait contenir d'autres produits destinés à l'usage du créateur. Un coin cuisine avait été aménagé au milieu de ce foutoir avec un évier en inox encastré dans un meuble en aggloméré, un frigo top, un minifour électrique, un micro-ondes et une cafetière électrique.

Lorsque les deux hommes furent à sa hauteur, l'artiste peintre ôta son masque le protégeant des vapeurs et ses lunettes de sécurité.

— Il vaut mieux ne pas inhaler ce genre de mixture. Le travail est prêt. Suivez-moi.

Le faussaire se dirigea vers une porte qu'ils n'avaient pas remarquée. C'était la salle d'eau comprenant une cabine de douche, un W-C, un lavabo sur colonne et un meuble vertical. Le tableau était là, taille 6 F, posé sur le couvercle du réservoir des chiottes.

— Il est à vous. J'ai travaillé au siccatif et au verni pour aller plus vite et pour le faire vieillir. Je ne gage pas qu'il perdure sans se fendiller.

— Ce n'était pas ce que nous recherchions.

Jacques Dupuis enveloppa l'œuvre dans un linge. Il composa le code de la valise et mit l'appât dans son écrin de cuir. Il tourna les chiffres.

Le piège était prêt.

Retour au QG.

38

Pendant que le lieutenant Duharec était en planque chez Alberto Giordano et que le capitaine Dupuis lisait dans la voiture le regard rivé sur la porte d'entrée de l'appartement de ce dernier, Gilbert Grand marchait sur le boulevard, son grand sac de sport à l'épaule en direction de la maison de Monsieur Krüger von Hartung.

Lorsqu'il sonna à la porte de l'expert en œuvres d'art, les sons d'une vive altercation s'enfuyaient par la fenêtre entrebâillée.

— Non ! Tu n'iras pas ! cria Bernard en lui ouvrant.

Le sexagénaire à l'allure flegmatique avait perdu son calme légendaire. Il avait le visage écarlate et le corps en proie à un tremblement qu'il ne contrôlait pas sous l'effet de la colère.

Du vestibule, Gilbert Grand salua la sérénité du cardinal Dominicci à la limite du dédain face à la dispute.

— Écoutez-le, Mon Père ! Il me considère comme un être dépourvu de courage alors que j'ai bravé le danger par deux fois lorsque j'ai été suivi la semaine dernière. Oh ! Être traité de la sorte par mon Bernard, j'en ai les larmes aux yeux. Sentez mon pauvre cœur qui s'emballe, dit-il en prenant la main gauche du cardinal Dominicci dans la sienne. Je vais défaillir, Bernard, et ce sera de ta faute.

— La valise est mienne, et il a été convenu que ce serait moi le convoyeur, question de responsabilité, trancha le cardinal en retirant prestement sa main.

— Et comment voulez-vous être crédible, Mon Père ? Nous sommes arrivés à deux chez Bernard, nous repartirons à deux. Question d'hospitalité.

— Pourquoi invoques-tu l'hospitalité dans ton raisonnement, Alberto ? Tu t'égares.

— Je ne m'égare pas. Je crée un scénario plausible. J'offre le gîte à un ami de passage. Je l'accompagnerai.

— Toi qui refusais d'y participer.

— J'ai changé d'avis. Il n'y a que les imbéciles qui campent sur leurs positions. Je ne suis pas pleutre.

— Je te suivrai à distance dans ce cas, annonça Bernard d'une voix radoucie.

— Tu ferais cela pour moi ?

— Évidemment. Je risquerai ma vie pour sauver la tienne.

— Oh ! Mon Bernard ! Tu es un amour !

La dispute sombrait dans le mélodrame. Gilbert Grand en profita pour fermer le bracelet relié à une chaîne au poignet du cardinal Dominicci, laquelle chaîne était reliée à la valise. D'une scène de film, il n'y avait qu'un pas.

— Le capitaine Dupuis a préféré jouer le piège à fond, expliqua Gilbert. Il est temps de se mettre en route avant qu'il n'y ait plus personne dans les rues. Il nous attend là-bas, et le lieutenant Duharec est déjà chez vous, Monsieur Giordano.

— Avec la jolie demoiselle, je suis rassuré. Mon logis est bien gardé. Elle saura le défendre.

Alberto Giordano se leva sous l'impulsion de son obstination.

— Je suis prêt.

Ils commencèrent tous les quatre à descendre l'escalier en colimaçon.

— Alors, Mon Père, de quoi parlions-nous tout à l'heure avant d'avoir été interrompus ?

Le cardinal Dominicci regarda son interlocuteur de biais en descendant les marches. Pas facile de tenir la rampe avec, d'un côté, l'encombrement d'un tel bagage ; et de l'autre, une personne penchée sur vous sur laquelle vous pouviez trébucher.

Gilbert Grand et Monsieur Bernard Krüger von Hartung marchait vingt mètres derrière eux.

Sur le trottoir d'en face, Pietro Julia avançait en parallèle tout en remuant les lèvres, les écouteurs dans les oreilles.

Alberto Giordano et le cardinal Dominicci conversaient dans une attitude nonchalante. Soudain, ils bifurquèrent à l'angle d'une rue.

— Où vont-ils ? s'inquiéta Bernard.

— Je ne sais pas. Ils ne suivent pas l'itinéraire choisi par le capitaine.

Le détective et l'expert en œuvres d'art se hâtèrent.

Pietro Julia piqua un sprint, slalomant entre les piétons.

— Où sont-ils ? questionna Bernard, angoissé, des trémolos dans la voix.

— Jacques, on les a perdus.

— Quoi ? Tu plaisantes ?

— J'ai l'air de plaisanter. Ils se sont engagés dans une ruelle.

— Qu'y a-t-il aux alentours ?

— J'aperçois le clocher d'une église.

— À tous les coups, ils y sont. Fonce et tu me rappelles.

Lorsqu'ils arrivèrent, Alberto Giordano gisait par terre, sonné, l'arcade sourcilière éclatée, la lèvre fendue. Des gouttes de sang maculaient ses vêtements, points rouges sur le tissu rose.

— Je n'ai rien pu faire, sanglotait-il. Je n'ai rien pu faire.

— Que s'est-il passé ? questionna Gilbert.

— On était en train d'admirer le retable. Il a surgi de nulle part. Il tenait un poignard. Il nous a menacés. J'ai voulu intervenir. Il m'a cassé la gueule avec son coude et je suis tombé par terre. Il a juré qu'il m'égorgerait comme un porc si je bougeais. Il n'y avait personne pour nous secourir. Il a enfoncé le couteau dans les côtes du Père et l'a forcé à sortir par la porte latérale. Je n'ai rien pu faire, Bernard. Rien. C'était une brute sanguinaire. Regarde comme je saigne…

— Viens, je te ramène à la maison.

— Jacques, le cardinal a été enlevé.

— Vous êtes où ?

— Nous sortons de l'église et nous allons chez Monsieur Krüger Von Hartung.

— Nous arrivons avec Morgane. J'active le GPS.

39

La description de l'agresseur avait été sommaire. Entre deux sanglots, Alberto Giordano avait décrit un homme chauve, à la peau mate, portant un blouson en cuir et qui parlait mal le français. Signe distinctif : il n'avait rien remarqué, l'agression ayant été trop rapide.

Le lieutenant Duharec conduisait. Le capitaine Dupuis communiquait les instructions du mouchard qui s'affichaient sur la tablette de façon régulière, le temps de récupérer le signal, en priant le ciel de ne pas traverser une zone blanche.

Les renforts suivaient derrière dans deux voitures banalisées, plus un fourgon de la gendarmerie nationale de Châlons-en-Champagne.

Paysage crépusculaire. Le ciel était dégagé. La lune était en phase montante. Bientôt, la nuit envelopperait la campagne. Il serait difficile d'être discret avec les feux de croisement. Seuls les rayons lunaires éclaireraient la voie.

Le lieutenant Morgane Duharec était tendu. Le capitaine Dupuis se taisait. Les autres collaient aux fesses, roues contre roues.

Quarante-cinq minutes d'intervalle entre les malfaiteurs et eux.

Quarante-cinq minutes au cours desquelles la vie d'un homme était en jeu.

Depuis vingt minutes, le convoi roulait sur la départementale 982. Il avait dépassé Châlons-en-Champagne. Il avait pris la direction de Vouziers.

Après Monthois, le signal s'immobilisa.

Deux kilomètres approximatifs avant le point d'impact, le convoi s'arrêta sur le bas-côté. Chacun enfila son gilet pare-balles, et vérifia son chargeur. Une chouette effraie hulula en haut d'un arbre, mécontente d'avoir été dérangée pendant sa chasse nocturne. Au loin, un glapissement. Un renard traquait un lapin de garennes dans les fourrés.

À un peu plus d'un kilomètre avant le point d'impact, un chemin de terre s'enfonçait sous les frondaisons sur la gauche. Le convoi traversa la chaussée, et on continua, les feux éteints, cahotant sur les ornières à la vitesse d'un escargot.

À 300 mètres, le lieutenant Duharec distingua la forme d'une bâtisse. On stoppa. Six policiers, prêts à tirer, se déployèrent bras tendus, autour d'une sorte de hangars, une construction moitié en tôles moitié en parpaings. Il n'y avait pas d'issue autre que celle de la porte coulissante sur son rail. Une Renault Clio blanche était garée devant, deux Renault C15 à côté, blanches elles aussi, plus une BMW de couleur gris foncé.

La brigade troyenne se regroupa.

Délibération sur la stratégie à adopter.

Le choix : foncer dans le tas et créer un effet de surprise en tirant d'un coup sec sur la porte.

La surprise fut totale.

Les assaillants se retrouvèrent face à un groupe d'hommes. Ils étaient au nombre de cinq aux regards torves, dans une tranche d'âge allant de trente à soixante ans, vêtus de jeans, baskets et blouson, entourant le cardinal Dominicci ligoté sur une chaise qui les observait du coin de l'œil en se demandant quel sort ils lui réserveraient par la suite. Un sixième individu étudiait le tableau sous le faisceau lumineux d'un néon en le maintenant à bout de bras. De tous, seul Pietro Julia eut le réflexe de brandir son poignard. Une balle siffla, l'atteignant à l'épaule. Puis, ce fut la panique générale sous le drapeau rouge et noir du Reich allemand, et des photographies jaunies d'Auschwitz et de Buchenwald clouées aux murs.

Les six policiers maîtrisèrent les soi-disant activistes forcenés.

Il était 23 heures 13. En garde à vue le beau monde.

Le cardinal Dominicci, libéré, était assis sur la banquette arrière, le tableau récupéré et sa valise sur ses genoux ; le lieutenant Duharec était au volant et le capitaine Dupuis sur le siège passager.

Le blessé désarmé partit en ambulance, encadré par deux brigadiers. On débattrait sur son sort plus tard, lorsque son bras irait mieux.

Les malfrats menottés dormiraient en cellule. Le propriétaire de la Clio blanche s'appelait Peter Kaufman, originaire de la banlieue de Châlons-en-Champagne ; son acolyte Guy Hass habitait Reims. Quant à ceux des C15, Lorenz Muller et Jean Schmitt, ils logeaient en Alsace.

En revanche, celui qui contemplait la peinture serait transféré le lendemain au comissariat aubois. Son nom était connu des Troyens. L'équipe Duharec-Dupuis s'en occuperait personnellement.

Les jours qui suivraient seraient consacrés au démantèlement du réseau. Il restait à déterminer le degré de complicité de chacun. Qui avait fait quoi ?

Samedi 31 août

J +16

40

La nuit fut courte, peuplée de cauchemars pour certains — prisonniers dans les murs gris d'une cellule, l'esprit n'est pas enclin à la joyeuseté.

Avec le manque de sommeil, le capitaine Dupuis était irascible. Le premier qui l'emmerderait serait jeté avec fracas en utilisant un langage peu châtié. Et celui qui serait à la fête dans son bureau serait le sieur Vandermeer, de prénom Roger, lorsqu'il serait arrivé dans leurs locaux. Celui-là, il allait le cuisiner aux petits oignons, surtout depuis qu'il avait appris sa responsabilité dans l'enlèvement du cardinal Dominicci par ses homologues de la Marne.

Bon sang, avait-il confié à sa collègue dans la matinée, il y a des gens qui ont des idées complètement tordues sur cette terre.

À 9 heures piles, le prévenu arriva.

À 9 heures 01, le capitaine Dupuis décrocha le combiné.

À 9 heures 05, Roger Vandermeer était assis sur la chaise en bois de la fonction publique, les bracelets métalliques lui meurtrissant les poignets, face à un capitaine qui allait le bouffer tout cru et un lieutenant qui essayerait de calmer le jeu. L'interrogatoire commença.

Le menteur répète toujours un récit où les mots s'alignent étrangement dans des phrases identiques, sans dévier d'un iota. Roger Vandermeer ne dérogeait pas à la règle. Il niait effrontément sa collaboration avec Peter Kaufman et le reste du groupe dans un discours délétère qui faisait dresser les cheveux sur la tête de Dupuis, le peu qui subsistait d'une calvitie précoce. Il se tournait, à chaque fois, vers le lieutenant lorsqu'il évoquait son rendez-vous dans un endroit paumé à plus de deux cents bornes de chez lui ; et regardait le capitaine droit dans les yeux, en le défiant, lorsqu'il affirmait vouloir acheter cette toile de maître avant qu'elle ne fût mise aux enchères. Toute la mise en scène du hangar avait été rayée de sa mémoire pendant son sommeil, y compris la vision de l'ecclésiastique saucissonné. De quoi frémir !

À 9 heures 30, un brigadier ouvrit la porte du bureau et le lieutenant Duharec s'éclipsa.

À 9 heures 40, si Roger Vandermeer avait eu une assurance ironique sur son visage jusqu'à présent, l'entrée de son ami Alberto Giordano accompagné par Monsieur Bernard Krüger von Hartung l'effaça sur le champ de ses traits. Un homme doit admettre sa défaite. Nul doute que les allégations mensongères du prévenu allaient ouvrir les hostilités entre les deux personnages qui se jaugeaient.

Les deux policiers s'attendaient à de sordides explications lors de la confrontation. La joute verbale commença.

— Toi !

— Mon cher Alberto, il y a méprise. Je suis innocent dans cette affaire, et je te le prouve. J'ai refusé la présence d'un avocat hier soir. Tout ceci n'est que malentendu, crois-moi.

— Comment as-tu pu ? Regarde ce qu'il m'a fait ! J'ai été gravement blessé, laissé pour mort sur le dallage glacial de l'église. Une agression dans un lieu chargé d'amour et de joie. Mon dieu, Bernard, dis-moi que je suis en train de rêver et que je vais me réveiller. Mon ami de longue date, celui en qui j'avais une confiance aveugle, celui dont je vantais les qualités hospitalières n'était, en fait, qu'un mécréant que jai fréquenté durant toutes ces années.

Alberto Giordano s'effondra sur l'autre chaise en bois que son compagnon eut la présence d'esprit de ramener vers lui avant qu'il ne s'écroulât par terre.

— Je suis anéanti. Je ne sens plus mes forces. Tiens, Bernard, prend mon pouls. Constate comme il est faible.

— Tu dramatises la situation, Alberto, rétorqua Vandermeer sur un ton moqueur.

— Mais pourquoi as-tu fait ça ? Pour de l'argent ? Une œuvre d'art ne se monnaye pas, elle se chérit jours après jours.

— Bien sûr que j'étais là-bas pour l'acquérir, et non pour la vénérer comme tu le clames. Oui ! J'y étais pour la posséder ! Qu'elle m'appartienne ! J'aurais enfin eu quelque chose que tu n'aurais pas ! Quelque chose qui valait plus que toutes tes œuvres d'art réunies si on additionnait leurs valeurs marchandes.

— Mon dieu, Bernard, n'est-ce pas de la jalousie que j'entrevoie dans ces paroles ?

— Tu as l'argent, la gloire de ton illustre famille que tu balances à la figure des gens dès que l'occasion se présente. Ce tableau « Saint Matthieu et l'ange » de Caravage, il devait être à moi. Alors, oui ! Tous les moyens étaient bons pour arriver à mes fins et te devancer car tu aurais essayé de gagner l'enchère. Je me suis acoquiné avec ces fous furieux. Je leur ai fait croire, à cette pire engeance, que j'étais un des leurs. Foutaise ! Je n'en avais rien à foutre de leur idéologie à retrouver leur butin estimé à seize millions de pièces volées aux juifs et aux riches, puis récupérées par l'armée américaine qui les vendait au marché noir avec une valeur marchande de moins de cinq mille dollars au lieu de les restituer aux familles ; rien à foutre de leur projet d'extrême droite et de la grandeur de l'Allemagne. Alors, oui ! J'ai été contacté par un des leurs grâce à mes connaissances en histoire de l'art, et j'ai répondu présent. L'occasion était trop belle pour ne pas la saisir.

— Jusqu'à kidnapper ce pauvre Père, soupira Alberto.

— Une erreur.

— Vous reconnaissez donc votre participation, Monsieur Vandermeer, affirma Jacques.

— Je ne reconnais rien du tout et, à partir de maintenant, je ne dirais plus rien. J'exige un avocat.

Le lieutenant Duharec l'enferma dans une cellule du sous-sol.

— Quelle histoire, Bernard. Mon Dieu, quelle histoire ! Et comment va Mon Père ?

— Il se repose au presbytère. Il a été secoué, mais il va bien, soyez rassuré. Il n'a pas été blessé, juste malmené par ces bandits.

— Ramène-moi à la maison, Bernard, puisque tout est fini. Avec toi à mes côtés, j'aurais le cran d'y rester, ce soir.

— Et nous réfléchirons, ensemble, à ta nouvelle décoration.

Fini, pas franchement, songea Dupuis. J'ai un voleur meurtrier dans la nature. Va savoir où il se terre ? Encore un crime qui risque de rester impuni.

41

Dès qu'il en avait été informé, le détective privé Gilbert Grand lui avait téléphoné. Le cardinal Dominicci était sain et sauf. Il reviendrait demain avec le faux Caravage. Il irait le ranger à côté du vrai donné en récompense suite à la neutralité du Vatican sous Pie XII. Il inscrirait la référence sur le parchemin, à l'image de ses prédécesseurs, et la légende perdurerait. Une légende qui avait coûté la vie au cardinal Giordano. Les aveux affluaient en France depuis le matin. Dans le but d'être disculpé ou d'obtenir une peine atténuée, les malfrats se rejetaient la faute; l'un enfonçait l'autre; le copinage n'existait plus; on tirait la couverture à soi. Une motivation qui poussa aussi Pietro Julia à procéder de cette manière. Il dénonça Ernst Schneider.

Il irait lui rendre visite lorsqu'il serait extradé.

Il avait besoin de comprendre Pietro Julia avant le pardon.

42

L'après-midi s'achevait. Le repas avec sœur Agnès, sœur Marthe, la mère supérieure et le cardinal Dominicci avait été enjoué, puis Gilbert Grand les avait raccompagnés vers seize heures. Il ne leur avait pas tout raconté concernant le dénouement de l'enquête. Parfois, la vérité ressemble à de la dissimulation.

Il était maintenant, seul, dans la serre. Il écoutait la « Sonate au clair de lune » de Beethoven.

Suis-je un solitaire ? se demandait Gilbert. Vivant seul, cela fait certainement de moi un solitaire contrairement à la frangine qui, elle, dans sa solitude à comprendre le mystère divin, n'est jamais seule au sein de sa communauté. Je me définis ce soir comme un justicier solitaire.

Il prit entre ses doigts son bonsaï préféré : le micocoulier de Chine offert par Anne-Marie. Il l'aimait son micocoulier. Il le chérissait. Il lui prodiguait des soins excessifs à longueur de mois.

Il s'empara la paire de ciseaux posée sur la table en fer. Le réveil bleu suspendu à son crochet indiquait 17 heures 30. Il avait du temps devant lui avant la tombée de la nuit. Il respira profondément.

— Je vais te raconter une histoire incroyable. Tu ne vas pas en croire tes tiges, et tes feuilles frissonneront en l'écoutant. Il était une fois, dans un passé lointain, vivait un artiste peintre dans une ville qui se nommait Rome…

Remerciements

Vous avez aimé l'enquête du détective Gilbert Grand. Vous pouvez aider l'auteure et lui donner un petit coup de pouce en laissant une note et un commentaire sur le Web. Je vous en remercie d'avance. Les enquêtes de Gilbert Grand continuent l'année prochaine.

Bibliographie

Rome, magazine Géohistoire, 2 019
Guide de tourisme Michelin, Italie, 1 989
Tours et détours de France, Guides Gallimard, 1 996
Encyclopédie Universalis
L'art nouveau, éditions Könemann, 2 000

Contacter l'auteur :
www. ladydaigre. jimdo. com

La série Gilbert Grand
Le haras maudit, éd. Books on Demand 2 019

La série Dorman-Duharec
Mortel courroux, éd. Books on Demand 2 018
Trois dossiers pour deux crimes, éd. Books on Demand 2 017
Lettres fatales, éd. Unicité 2 017
La mort dans l'âme, éd. Books on Demand 2 015

© 2019, Lady Daigre, Martine
Edition : Books on Demand,
12/14 rond-Point des Champs-Elysées, 75008 Paris
Impression : BoD - Books on Demand, Norderstedt, Allemagne
ISBN : 9782322076963
Dépôt légal : décembre 2019